ハヤカワ文庫SF
〈SF2470〉

宇宙英雄ローダン・シリーズ〈730〉

シラⅦの盗賊

マリアンネ・シドウ&アルント・エルマー
シドラ房子訳

早川書房
9135

PERRY RHODAN

DER DIEB VON SIRA-VII

ELLERTS BOTSCHAFT

by

Marianne Sydow

Arndt Ellmer

Translated by

Fusako Sidler

First published 2025 in Japan by

HAYAKAWA PUBLISHING, INC.

This book is published in Japan by

arrangement with

HEINRICH BAUER VERLAG KG, HAMBURG, GERMANY

through JAPAN UNI AGENCY, INC., TOKYO.

目次

シラⅦの盗賊

シラⅦの盗賊

マリアンネ・シドウ

登場人物

ダオ・リン＝ヘイ…………………もと全知女性。カルタン人

ゲ・リアング＝プオ……………もと特務戦隊リーダー。カルタン人

マイ・ティ＝ショウ……………《マーラ・ダオ》指揮官。カルタン人

ジュリアン・ティフラー………《ペルセウス》指揮官

ボルダー・ダーン………………同副官

ゾンター…………………………同乗員。シラⅦ捜索隊員

イルミナ・コチストワ…………メタバイオ変換能力者

フェルマー・ロイド……………テレパス

ラス・ツバイ……………………テレポーター

ラカルドーン……………………アンティ・パウラ管理者。ナック

1

《ソロン》！

ダオ・リン＝ヘイは、回転するフラグメントを燃えるようなまなざしで凝視する。シラグサ・ブラックホール内に数分前にあらわれたフラグメント……どこから、どうやってここまで飛ばされてきたのかは、だれにもわからない。

不透明な明るさのなかで、細部まではっきりと認識できる。最初のうち、裂かれた宇宙船外殻の一部に思われた。見たところ、それ以上のものではない。

まぎれもないストリクター・アンカーの残存物が認識できる。だが、フラグメントの反対側には、宇宙船の内部も見えていた。

悲惨な残骸だった。引き裂かれてばらばらになった壁は、焼け焦《こ》げてところどころ溶解している。そのカオスから、チューブや導体の残存物が、動物の屍《しかばね》から内臓がはみだすように突出していた。

「いったいどうやってここにきたんだ？」ジュリアン・ティフラーが小声で疑問を口にする。「なにがあったんだろう？」

明らかにひとりごとで、答えをもとめているわけではないらしい。

この残骸のなかに生存者がいるはずはない。それは確実だと思われた。《ソロン》になにがあったにせよ……この区画にいた者は命を落としたはず。

「ステーションまで牽引する」ティフラーは決断した。「調査しなくては」

マイ＝ティ＝ショウは批判的なまなざしを向けた。彼女の考えによると、残骸にとりくむのは時間とエネルギーのむだでしかない。それに、知りもしないテラナーの命令を受けるのは気が乗らなかった。

「曳航しろ！」ダオ・リン＝ヘイが命じた。マイ・ティ＝ショウの度量のせまさはわかっている。

マイ・ティ＝ショウは、必要な指示を出すためにふいと向きを変えた。とげとげしい態度だ。ダオ・リン＝ヘイは、なぜなのかと不思議に思う。不機嫌の原因を、無意識に心のなかで探る。《マーラ・ダオ》はいま、一ブラックホールの事象の地平線下部にある微小宇宙に位置する。宇宙船内の不整合はいっさい許されない場所。なぜなら……

ダオ・リン＝ヘイはからだをぴくりと震わせた。ゲ・リアング＝プオを振り向く。

ゲ・リアングは宇宙船の残骸を凝視している。ダオ・リンはさりげなく小突いた。

〈気がつかないのか？〉

ゲ・リアング＝プオの目は驚嘆に満たされている。

〈気づくって、なんです？〉

〈インパルスとか……なんでもいい、宇宙船の残骸から出てくるもの〉

〈悪いけれど、思いちがいでは。わたしにはなにも聞こえません〉

「接近！」マイ・ティ＝ショウが指示を出す。「角をとらえなければ」といい、ダオ・リン＝ヘイをとがめるように見た。「この状況下で移動させるのは、困難をともないます。重力環境は過酷なので、ステーションのサポートがなくては、《マーラ・ダオ》もろとも、とっくに破壊していたはずです」マイ・ティ＝ショウは先をつづける。

ダオ・リン＝ヘイがさっと振り向いた。ゲ・リアング＝プオは不安な表情だ。

〈なにも〉思考を伝える。〈受けとったのは、あなたの反応だけ。インパルスはゼロです〉

「《ペルセウス》を呼ぼう」ジュリアン・ティフラーが提案する。「そうすれば、らくに輸送できる」

「とんでもない！」マイ・ティ＝ショウは小声で応じる。だが、ダオ・リン＝ヘイは早くも司令室をあとにした。

「どうすればいいんです？」マイ・ティ＝ショウはとほうにくれたようすだ。「することはなにもない」ゲ・リアング＝プオは冷静に応じる。「牽引ビームは使えない。不安定になる可能性があるから。捕獲すれば、はげしい振動が生じる」

「でも……」

「生存者がいるかもしれない！」ゲ・リアング＝プオが説明する。

「不可能です！　あれを見てください！」

「不可能なものはない」ゲ・リアング＝プオがいいかえす。

マイ・ティ＝ショウは怒りをこらえているらしい。

「探知機にはなにも表示されていません」彼女はいった。

「あのような環境では、探知機が機能しないこともある」ゲ・リアング＝プオがやりかえす。

「それなら、ダオ・リン＝ヘイにも確認できないでしょう！」

否定できないことだ。

「直感どおりにやればいい」ゲ・リアング＝プオは一瞬ためらったのちにいい、わざとらしく向きを変えた。ジュリアン・ティフラーの問いかけのまなざしを受けとめ、首を横に振る。テラナーがこちらの意図を理解して、なにも訊かないことを願いながら。同時に、かくれんぼはいつまで通用するのかと自問した。

ダオ・リン＝ヘイが一エアロックから交信してきたとき、《マーラ・ダオ》司令室内にはさむざむとした空気が漂っていた。

「向こうに行く」

「行ってはだめです！」マイ・ティ＝ショウは憤慨していった。

ダオ・リン＝ヘイは応じない。

マイ・ティ＝ショウは跳躍して制御シートの背後に立った。

「眠っているのか？」シートにすわる同胞にどなりつける。「映像が見たい。います ぐ！」

だが、相手の反応は遅すぎた。指示を実行する者はほかにいないので、マイ・ティ＝ショウはシートにすわるカルタン人を押しのけ、意味もなく乱暴に制御盤を操作する。

大型スクリーンの下端に、開いたエアロックの映像がフェードインでうつしだされた。宇宙服を着用したカルタン人五名が《マーラ・ダオ》を出ていくところだ。

ゲ・リアング＝プオは、ジュリアン・ティフラーとかれの同行者二名とともに乗船したアノリー三名をちらりと見る。ぴったりよりそって立つ異質な生物たちには、気づかうようすは微塵《みじん》もない。これまでカルタン人に会ったことはないし、《マーラ・ダオ》についてほとんどなにも知らないのだから、意外ではない。それに、こうした場所に慣れており、ブラックホール内部にいることをなんとも思わないのだろう。カルタン人が神経を逆だてるのはなぜかと不思議がっているのかもしれない。

「なにが起こっているのか、説明してもらえるか?」ティフラーは小声でいった。

「わたしにもわからない」ゲ・リアング＝プオが応じる。「ダオ・リン＝ヘイがもどるまで待つ。彼女が説明してくれるかもしれない」

ティフラーは笑みを浮かべた。それがなにを意味するのか、ゲ・リアング＝プオにはさっぱりわからない。それでも、マイ・ティ＝ショウにはない忍耐を、相手が持ってくれていることは感じられた。

スクリーンに目をやると、ダオ・リン＝ヘイが四名の同行者とともに残骸のなかに入り、見えなくなった。

「なんという軽率さ!」だれかのつぶやきが聞こえてくる。「頭がすっかりいかれたのか」

通常なら、マイ・ティ＝ショウはこのような不敬を即座に戒めただろう。だが、このときはなにもいわず、険しい表情でスクリーンを観察する。あらたな展開は見られない。ダオ・リン＝ヘイとの交信はとだえた。マイ・ティ＝ショウがすぐさま増援隊を送りたい気持ちでいることが、ゲ・リアング＝プオにはわかった。

「見つかった!」

《マーラ・ダオ》司令室内では、アノリーをのぞく全員がびくっとからだを震わせた。

「だれです？」マイ・ティ＝ショウがすかさずたずねる。

返答はない。宇宙船残骸のへりから五名の姿があらわれた。かれらに引っ張られて、中央にもう一名の姿が見える。

「セランを着用している」ジュリアン・ティフラーがいった。

現状況下でそんな判断ができるのは、テラナーのほかにはいまい。ゲ・リアング＝プオの胸が痛む。宇宙服は……こうしたサヴァイヴァル・ユニットにとって誤解をまねくネーミングに思われた……だれかに乱用されて巨大ローストビーフに調理されたかの様相を呈《てい》している。だれが、あるいはなにがなかに入っているにせよ……思いがけなく救出されたことを踊ってよろこぶことはあるまい。

「すぐに救急センターに知らせろ！」ダオ・リン＝ヘイがテレカムで命じる。「急いで！」

マイ・ティ＝ショウは怒りをのみこみ、指示を実行する。心を集中させ、精確かつすみやかに。ジュリアン・ティノラーは急ぎ足で司令室を出た。ゲ・リアング＝プオがあとを追う。ティフラーが《ペルセウス》に交信し、こちらに急行するよう指示を出すのが耳に入った。

エアロックのところにきたとき、内側ハッチが開いた。

カルタン人のグループが、すでに医療装置をととのえて立っている。焼け焦げたなにものかがエアロックから浮遊してくる。ティフラーとゲ・リアング＝プオは、ぎょっとして凝視した。

「《ペルセウス》がこちらに向かっている」とジュリアン・ティフラー。「数名の専門家にきてもらおう」

だれも答えない。複数のカルタン人が大急ぎでセランに対処しはじめた。《ソロン》の生きのこりが自力で防護服から脱皮できないことは、専門家に訊かなくてもわかる。輸送に耐えうる状態にないことも明らかだ……すくなくとも、しばらくのあいだは。

セランの大部分の機能は失われている。そのため、サヴァイヴァル・ユニットを切開する以外の方法はない。ティフラーは、生存者にさらなるダメージをあたえることなく切り開ける個所をしめす。

「イルミナ・コチストワとともにこちらにテレポーテーションするよう、ラス・ツバイに伝えてくれ」かれは通信装置に向かっていった。

ダオ・リン＝ヘイが歩みよる。

「ニッキ・フリッケルだ」小声で伝える。「生きている」

問題は生きのびるかどうかだ。

＊

《マーラ・ダオ》は、ふたたびシラグサ・ブラックホール内部にある奇妙なステーションの横に停止した。アノリー三名はカルタン船を去り、ステーション内部に入っていった。《ペルセウス》は間近に浮遊している。難破船の一部はステーションに係留し、宇宙服姿のカルタン人数名が周囲を動きまわり、カタストロフィの原因を知る手がかりとなる痕跡を探している。

ニッキ・フリッケルが状況説明できるまで快復するかどうか、まだわからないし、ほかの生存者は見つかっていない。

イルミナ・コチストワは、ニッキ・フリッケルをちらりと見てから、ダオ・リン＝ヘイとゲ・リアング＝プオの姿を探す。

「手助けが必要なの」彼女はいった。カルタン人の専門家たちの困惑したまなざしには気づかない。「彼女、ほんのわずかでも勇気と闘争心がいる。ゲ・リアングに……」

「ゲ・リアングは、するべきことくらい承知している！」ダオ・リン＝ヘイはイルミナの言葉をさえぎり、ゲ・リアング＝プオを軽く小突いた。

〈手をとってやれ。そのほか必要と思うことをしてやればいい。ただし、こちらのようすを友になるべく知られないようにすること〉

まもなくニッキ・フリッケルは《ペルセウス》に移送された。おかげで不要な困難は減った。

ダオ・リン＝ヘイは壁によりかかってイルミナ・コチストワを観察しながら、過去を思いかえす。昔はカルタン人も、こうしたケースではプシ・エネルギーで対処したもの。だが、その時代はもう終わったことを思い、すこしだけ懐旧の念をおぼえた。

現在のカルタン星間帝国では、パラ能力はほとんど知られていない。のこっているのは、栄光の時代についての記憶だけ。ヌジャラ星系では、過去の伝統をとりもどそうと努力したが、だめだった……ヌジャラの光も、ヌジャラの涙がなければ利用できないから、もはや望めない。カルタンにはパラ露はもう存在しない。あったとしても、あつかえる者がいなくなってしまった。

その理由から、ダオ・リン＝ヘイとゲ・リアング＝プオは、自分たちにのこされた能力について《マーラ・ダオ》のクルーには秘密にしておこうと決めた。英雄気取りにはもはや無理があるから。

《マーラ・ダオ》と乗員たちのことを思うと、ダオ・リン＝ヘイの心はちくりと痛む。かれらとは、たくさんの体験をしてきた。だが、マイ・ティ＝ショウとその部下たちのほうがやや優位な立場にあるという事実は変わらない。

ダオ・リン＝ヘイの人生は、もはや伝説となっていた。およそ七百年ぶりに、彼女はカルタンにもどった。かつて巨大だった《ナルガ・サント》の、そのときまだ存在していた残骸を利用し、適切なやりかたで帰郷した。《ナルガ・サント》とともに、あまたの問題が故郷にもたらされた。宇宙船の残骸のなかに生きのこった、カルタン人宙航士の子孫たち。かれらにどう対処すべきか、だれにもわからなかったからだ。

あたかもその偉業だけでは充分ではなかったかのように、ダオ・リン＝ヘイは、故郷に着く直前に、当時カルタン人の仇敵《きゅうてき》だったハンガイ銀河出身のカラポン帝国人の襲撃を受けた……襲撃者たちは情報をつかんでいたらしい……《ナルガ・サント》船内に、〝モトの真珠〟という非常に高価値とみなされる物体のかたわれが存在すると推測していたのだ。ダオ・リン＝ヘイは当然のことながら、評判に見あう行動をとった。つまり、すぐさまカラポン人をカルタン帝国船の助けを借りて撃退したのだ。

カルタン帝国の人々は、彼女に《マーラ・ダオ》を提供した。カルタンの最新技術を駆使して、最高位女性のために建造されたばかりの宇宙船を。やがてその乗員たちは、困難にどっぷりとはまりこむことになる。モトの真珠の奪取をもくろむダオ・リン＝ヘイが渦状銀河にあるベントゥ・カラパウというカラポン帝国最大の拠点の位置を突きとめるべくスタートしたからだ。それまでだれにも知られていなかった極秘の拠点。だがそこには、すでにモトの真珠はなかった。カルタン帝国艦隊がこの秘密基地を攻撃するさい、《マーラ・ダオ》は拿捕《だほ》され、そこから、ハンガイ銀河にあるカラポン星間帝国の首都惑星に曳航された。しかし、ダオ・リン＝ヘイはその地でカラポン皇帝を人質にとり、モトの真珠を奪って首都惑星からの脱出に成功する。アルドゥスタアルに帰還したが、それは郷愁の思いからではなく、モトの真珠のもうひとつのかたわれを手に入れるためだった。ダオ・リン＝ヘイはついにそのかたわれを見つけるが、それは《ナルガ・サント》の瓦礫《がれき》のなかに……カラポン人が最初から推測していた場所に残されていた。

モトの真珠は非常に高価値なので、もちろんカルタン人も興味をもった。たとえどうしていいかわからないとしても……所有したがった。カラポン人が喉から手が出るほどほしがっているという理由だけだとしても。

だが、ダオ・リン＝ヘイは、真珠をもともとの持ち主であるテラナーに返すため、サヤアロンへと向かった。

《マーラ・ダオ》乗員のほとんどは事情を知らず、いつもどおり命令にしたがっただけだった。いくらか情報を持つ者たちは、ある意味で同胞である種族から急に逃げだすはめになったのはなぜかと、すくなくとも疑問をいだいた。いまいましい真珠もろともダオ・リン＝ヘイをカルタンに送りかえすのが賢明ではないか、とひそかに考える者もいないわけではなかった。最後の全知女性である彼女への畏敬の念が強すぎて、その行為は裏切りかつ窃盗だ、と率直にはいえなくても。

かれらがすぐにそうしなかったのは、カルタン人が誇る規律への忠誠と、当然のことながらダオ・リン＝ヘイという生きた伝説にまつわる名声のためだった。現状のこの観点が特別な意味を持つのは、マイ・ティ＝ショウにかぎらない。ダオ・リン＝ヘイに無条件に服従し、あらゆる危険から彼女を守るよう《マーラ・ダオ》のクルーに約束させたのは、カルタン種族の最高位女性であるメイ・メイ＝ハルそのひとだったからだ。カルタン人は、そうした誓いを非常に真剣に受けとめる。

いまではメイ・メイ＝ハルも、命じたことを深く後悔しているのではないだろうか。だが、〝彼女〟の後悔は、いまのところ《マーラ・ダオ》乗員たちの入眠をさまたげる感情と矛盾してはいない。というのも、みずからがめざす目的地の選択に関していえば、ダオ・リン＝ヘイは同胞を動揺させる趣味を持つことがわかったからだ。

盗賊惑星ミルヤナアル、敵の秘密拠点ベントゥ・カラパウ、ハンガイ銀河のカラポン帝国の首都惑星くらいならまだわかる。だが、サヤアロンとは……？

それでも、サヤアロンまでなら……なんとか容認できただろう。なんの目的があるのか、ほんとうのところはだれにもわからないとしても。ところが、サヤアロンに到達しないうちから、ダオ・リン＝ヘイのせわしない脳は新しい目標を見つけたのだ。その名を聞いただけで、すべてのカルタン人が毛を逆だてるような場所。こうなると、エリート・チームに所属していることも、この宙航によってキャリアの階段のはるか上までのぼれるという期待も、もうなんの用もなさない。

もちろん狂気の沙汰と思われるモトの真珠が、ここにも一枚嚙んでいる。この物体のメモリーは、いまいましいほどアプローチがむずかしいのだが、そこに一ブラックホールに関する謎のデータが見つかったのだ。なにものにもひるまないらしいダオ・リン＝ヘイは、もちろん即刻データを追跡することにした。

ブラックホールといえば、宙航士にとっては恐怖の的……カルタン人も例外ではない。ブラックホールを探知したら、避けるのが賢明だ。ブラックホールに接近するのは、コンヴァーターに頭を突っこむに等しい行為といえる。電子レンジにかけた肉がどんな気分か、あとになってわかるかもしれないが、そんなものは存在しないのだ。あらゆる知性体の好奇心はここで終わる。カルタン人も同じこと。

ダオ・リン＝ヘイだけが例外らしい……あらゆる理性に反して、このブラックホール内に《マーラ・ダオ》を進めろと主張したのだから。

全乗員の驚いたことに、ダオ・リン＝ヘイの最新の目標に全員が無傷で到達した。専門家のなかには、もちろんはじめからわかっていた……という者もいたが。第二の驚きは、ブラックホール内部が、名前から予想されるのとはちがって真っ暗ではないことだった。いや、それどころかかなり明るく……しかも考えていたほど孤独ではない。まず、ステーションが見つかった。攻撃的なロボットの大群に守られて。やがて複数の宇宙船がやってきた。乗船するのはダオ・リン＝ヘイの友……〝さもありなん〟というのが、冒険心のとっくに消耗した乗員たちの反応だった。

ダオ・リン＝ヘイの指揮する宙航の劇的な展開に怖気《おじけ》づき、メイ・メイ＝ハルの命令も忠誠の誓いもどうなってもいいから故郷の荒々しい山間《やまあい》の谷間にもどりたいと願う乗員がいても、悪くとるわけにはいかないだろう。

故郷で友や親戚にかこまれて、これまで同胞がしたことのない風変わりな旅について話して聞かせるほうが、快適にちがいあるまい。終わってしまえば、この冒険も悪くはないかもしれない。だが、冒険のまっただなかにいるかぎり、心地よいものではない。なんといっても、きらめく微小宇宙から生きて出られるかどうか、わからないのだから。

乗員たちはホームシックを感じていた。カルタンの険しい山岳地帯にある悪名高い峡谷で、雪崩《なだれ》が起きて家路を絶たれてしまった子供たちのように不安をおぼえた。ダオ・リン＝ヘイにはわかっている。だが、もうひとつべつの側面がある。恐ろしい環境のなか、《マーラ・ダオ》が存在する唯一の宇宙船であるなら、この冒険はある意味でカルタン人に満足感をあたえてくれる……征服者を自負するのは悪くないし、まだだれひとり到達していない場所にやってきた最初の生物という気分にひたるのはいいものだ。だが、テラナーの到着によって、かれらは夢から引きはなされた。崇高な感情に欺かれたような気がした……生命の危険を冒して踏峰不可能に思われた山頂まできてみると、反対側に思いもよらずケーブルカーが開通しているのがわかった、という感じだ。

ギャラクティカーだけなら、カルタン人も存在を容認できたかもしれない。だが、とくにかれらの気を滅入《めい》らせたのは、アノリー三名だった……妙に超然として、恍惚《こうこつ》として、カルタン人のライフスタイルとはかけはなれていた……しかも、アノリーはカルタン人の望みに対して協力的とはいえないのだから。

「アルドゥスタアルへのブラック・スターロード？」一アノリーがたずねた。「アルドゥスタアルとは、なんです？」

カルタン人が星図で位置をしめす。

「そこへの道は存在しません」アノリーは短く簡潔にいい、そっぽを向いた。

「もどりましょう！」マイ・ティ＝ショウはかつての全知女性に懇願する。「ブラックホールなんて、かれらが自分で調査すればいい……われわれには関係ないでしょう？われわれにも同胞たちにも、利益はありません。カルタンでは、みんながわれわれの身を心配していることでしょう。報告することはたくさんあります」

「もうすこしだ」ダオ・リン＝ヘイは相手をなだめていった。「もうしばらくとどまりたい。その価値はあるはず」

しかし、マイ・ティ＝ショウは心から納得したわけではない。ダオ・リン＝ヘイのもっとも忠実な賞讃者である彼女が疑念をいだいたとなると、状況はかなり深刻といえる。

「ニッキ・フリッケルを見捨てるわけにはいかない」ダオ・リン＝ヘイはいい、状況はひとまず軟化した。「われわれは昔からの友であり、戦友だ。いまの彼女にはわたしが必要なのだ」

実際には、彼女がテラナーのためにできることはなにもない。マイ・ティィ＝ショウやほかの乗員たちがそれに気づかないのは、ありがたかった。重症のニッキをサポートしているのは、イルミナ・コチストワとゲ・リアング＝プオであり、ダオ・リン＝ヘイは壁に背をもたせて苦悩しながら待つほかなかった。

「そうとはいえまい」フェルマー・ロイドがいう。かれも手を貸すためにやってきたが……ダオ・リン＝ヘイと同じくなすすべがなかった。「あなたがここにいることを、ニッキは知っている。それだけでも、彼女の状況には大きな意味を持つ」

それは、ほんとうかもしれないし、そうでないかもしれない。

「休んだほうがいいのではないか」とテレパス。「もう長いこと寝ていないのでは？」

「寝るって……なんのことだ？」ダオ・リン＝ヘイは訊きかえす。苦労してユーモラスを装いながら。テラナーは礼儀正しくにっこりした。

「いまは眠るわけにいかない」しかたなく、いいそえる。

ニッキ・フリッケルには、奇妙なところがある。彼女を憎悪した時期もあった。それなのに、いまは胸が張り裂けるほど心配とは。

いまいましいテラナーたち！

フェルマー・ロイドが真正面から顔を見つめる。カルタン人の風習をよく知らない者たちのする、恥知らずなまっすぐな視線……

「ハロー、イルミナ。おいぼれのニワトリさん、ヒヨコをどこにやったの？」

もと全知女性は、思わず毛を逆だてた。知らずに冷水シャワーを浴びたような気がした。

「悪いけど、細胞活性装置をまたつけてくれる？」同じ声が先をつづける……まちがえようのない、ニッキ・フリッケルの声。「ぐあい、よくなったから、この奇妙なモノ、もういらない。目の前であなたがちぢんでいくのを見るの、ごめんだわ」

ダオ・リン＝ヘイはその瞬間、カルタン人の美徳を忘れ、フェルマー・ロイドをわきに押しのけた。

「なんてこと！」ニッキはつとめてにんまりした。「わたし、もう半分お墓に入っているのかな。でなければ、この歓迎ぶり、どういうこと？」

「最悪の事態はもう終わった。それだけよ」イルミナ・コチストワは、ほっとしていった。周囲に目を向け、ゲ・リアング＝プオを見てこっくりする。「あとは自分たちでなんとかなるから、もどって休むといいわ！　いまはふたりだけのほうがいいから。ええ、ジュリアン、あなたもです。彼女、まだ報告できる容態ではないので！」

「いつもどおりの口ぶりだな」ジュリアン・ティフラーの声には軽いあざけりが感じられる。「ひとつだけ訊きたい。ニッキ、《ソロン》になにがあった？」

「罠でした！」女テラナーは小声で応じる。「ペルセウス・ブラックホールでいまいましいカンタロにはめられたんです。ここは、どこです？」イルミナ・コチストワがおだやかだがエネルギッシュにいった。

「安全な場所よ！」

「では、退室してください。全員、お願いします！」

《ペルセウス》の医療部では、イルミナ・コチストワが権威者だ。ジュリアン・ティフラーですらしたがわないわけにいかない。

見てとれるほどしぶしぶと退室しながら、

「やつら、銀河系にいたとは！」と、フェルマー・ロイドに語りかける。「いますぐアノリーと話す必要がある。かれらの持つブラック・スターロード・マップに欠陥があることを、認めてもらおう！」

フェルマー・ロイドの返事は、カルタン人の鋭い耳にも聞きとれなかった。テラナー二名は大急ぎで去っていったからだ。

ゲ・リアング＝プオは、そのうしろ姿を目で追い、

「みんな、いち早く帰郷したいようですね」と、意味ありげにいう。

「うん……その気持ちは理解できる」ダオ・リン＝ヘイは小声でいった。

ゲ・リアング＝プオは思慮深く相手を見る。

「あなたはカルタンに心惹かれないんですね」

「まだ決めていない」ダオ・リン＝ヘイは応じる。「だが、ニッキ・フリッケルが完全

に快復するとわかるまでは、行かない」

それが口実であることは……ふたりともわかっていた。

2

《マーラ・ダオ》船内のようすは、表面的には正常と変わらない。カルタン人は、いつもと変わらずするべき任務を熱心にこなし、現状況下で生じた仕事も積極的に買ってでる。それが正直な気持ちからなのか、礼儀を重んじているだけなのか、ジュリアン・ティフラーにはわからない……カルタン人の場合、その点がはっきりしないのだ。ダオ・リン＝ヘイにたずねてみた。

「わが同胞は、手助けが必要なら協力する」もと全知女性はいい、肩をすくめた……テラナーを見ておぼえたものだ。「そうすれば、すくなくともおろかな考えをいだかなくてすむ」

「では、やはり問題があるのか」ティフラーが応じる。「フェルマー・ロイドがそのようなことを……」

「わが同胞の脳を勝手に探らないよう、伝えることだ」ダオ・リン＝ヘイは、ことのほかはげしく相手をさえぎった。「あなたたちの援助がなくても、われわれは自力で解決できる！」

ティフラーは相手をまじまじと見た。ふだんは慎重にかくされている鉤爪が見えている。かれはかぶりを振り、

「どういうことだ？」と、たずねた。「だれかに気づかわれるのが気に入らないのか？」

ダオ・リン＝ヘイは気をとりなおしてステーションに向かう。アノリーたちが銀河系にコンタクトするところにぜひ居合わせたいと願っている。彼女も何度も試みたが、結果はいつも一ナックのホログラフィーに通じただけだった。この種の生物にしてははなはだしく注目に値《あた》いするほどの気性のはげしさで、カンタロの悪態をついたのだ。

「ニッキの容態は？」彼女は話題を変えた。

「順調だ」ティフラーはおだやかに応じる。「立ちあがれるまでまだしばらくかかるが、彼女は生きる意志が強いから」

「はっきりとした意識と思考力をとりもどしたのか？　目をさましたとき、かなり無意味なことをいっていたようだが」

「なぜ、そう思う？」ティフラーは驚いて訊きかえす。

「イルミナ・コチストワを侮辱した……それとも思いちがいか？」

「それを判断するためには、ニッキをもっとよく知る必要がある」ティフラーはにんま

りした。「毒舌を吐くかざりニッキがへばることはないというのが、イルミナの考えだ」

「テラナーのユーモアは、ときどき理解に苦しむ」ダオ・リン＝ヘイは慎重に言葉を選ぶ。「でも、ニッキはイルミナをおいぼれのニワトリと呼んだ。あなたたちの言語では、動物とのたとえはあまり褒《ほ》め言葉として使われないのではないか」

「彼女の思考は明瞭だ」ティフラーが応じる。「イルミナが治療のために細胞活性装置をつけかえた、とニッキは思ったらしい。活性装置のかたちは卵。ニワトリは卵を産み、そこからヒヨコが出てくる……単純な思考連鎖だが、たしかに間一髪で死をまぬがれた者の発言にしては奇妙だな」

ダオ・リン＝ヘイは、《ペルセウス》の集中治療室で見たシーンを思い起こす。そういえば、イルミナ・コチストワは細胞活性装置を身につけていなかった。それを見たニッキ・フリッケルが推測を口にしたわけか。つまり、これまで幾度となく、《ナルガ・サント》の全知女性をふくむ者たちをぎょっとさせたニッキの毒舌だったのか。

ニッキ・フリッケルはテラナーの謎のひとつ……イルミナ・コチストワは、それとはまったくべつ。

「彼女が細胞活性装置を身につけなかったのは、なぜだ？」と、たずねる。ふと惑星サトラングでのことを思い、いやな予感がした。

「イルミナは装置を身につける時間がだんだん減っているんだ」ティフラーは説明する。「最初のうちはみんなぎょっとしたが、彼女は内在する能力を自身に向けて利用し、うまくいっているという考えにしだいに慣れていった。いつか装置を必要としなくなるのかもしれない」

ダオ・リン＝ヘイは、その考えにひどく違和感をおぼえたが、理由はわからない。イルミナ・コチストワのことはなにも知らないというのに。

「ふたり……あなたとゲ・リアングが……かつての能力の一部を保持することを、同胞に知られたくないのは、なぜだね？」ティフラーがたずねた。

「かれらには関係ないからだ」ダオ・リン＝ヘイは短くそっけなく応じる。

「いいかえるなら、それについて話したくないんだな」

「そのとおり」

ダオ・リン＝ヘイは、その答えが相手の気に入らないのがわかった。ティフラーは大きなストレスをかかえている。ニッキ・フリッケルの報告を聞いて、危惧はさらに増大したはず。ペリー・ローダンやほかの仲間たちの身の上、テラや銀河系内の状況、そのほか憂慮することはたくさんある。いままったく不要なものがあるとすれば、ダオ・リン＝ヘイという生物の謎や心配だろう。

「機会がありしだい、説明する」彼女は、つとめて友好的にいった。「われわれがアルドゥスタアルで見てきた出来ごとについて。いまは長い話になるので」

この説明で相手がどれだけ納得するのか、だいたい納得したのかどうかも見当がつかない。思考は理解できないし、テラナーの表情はいまだによくわからない。それでも、彼はその話題を打ち切った。それが狙いだったのだから、それでいい。

ステーションの司令センターに足を踏み入れたとき、ダオ・リン＝ヘイは自嘲的な笑みを浮かべた。数日前に自分が利用したシートに一アノリーがすわっているのを見て、心がちくりとしたからだ。あのシートはどのみちあまり心地よくはなかったけれど、もっと合いそうな生物がほかにいなかったから、利用しただけ。イトラと呼ばれるこのステーションにどう対処するべきか、アノリーたちも知ったほうがいいのだ。

司令センターには、アノリーのほかにギャラクティカーも多数詰めていたが、銀河系に交信できるとは期待していないらしい。それでも、アノリーは作業をつづけている。

ニッキ・フリッケルの報告に思いをはせる。

《ソロン》は事故にあったのではなく、カンタロの攻撃を受けたことがわかった。ジュリアン・ティフラーと仲間たちの気が重いのは、友がどうなったかわからないからだ。

ペリー・ローダンと重要なギャラクティカーたちは……ペルセウス・ブラックホールに進入するという……疑わしい企画を実行した。かれらはそのことを知っている。

ギャラクティカーたち……正確には、タルカン宇宙への遠征隊の参加者と、かれらと手を組む惑星フェニックスの自由航行者たち……は、ついに銀河系に到達する可能性を見いだした。困難ではあっても、銀河系をかこむバリアを越えられる道。カルタン人がたんに〝はるかなる星雲〟を意味するサヤアロンと呼ぶ星雲の内部に、抑圧された複雑な〝システム〟が見つかった。明らかにカンタロに設置され、いまも維持されているらしい。

システムへの抵抗はわずかだが、それでも抵抗組織がひとつだけ見つかった。〝ヴィッダー〟というこの組織のリーダーがホーマー・G・アダムスだと知って、ダオ・リン＝ヘイはうれしく思った。カルタン人とギャラクティカーがパラ露の使用権をめぐって争っていた時代にかれを知ったのだ。

抵抗組織のメンバーは、ペルセウス・ブラックホールの出来ごとに間接的に巻きこまれただけだが、宇宙船《シマロン》、《ブルージェイ》、《クレイジー・ホース》、《モンテゴ・ベイ》、《ソロン》のほか、《ハルタ》とアトランの《カルミナ》がもろに被害を受けた。

ニッキ・フリッケルの報告には、ほかの宇宙船はどうなったかという、関係者のいちばん知りたいポイントが抜けていた。《ソロン》が烈火に襲われたとき、ほかの宇宙船とのコンタクトがとだえたのだ。カンタロの襲撃を生きのびた者がほかにもいるかどうか、まだだれにもわからない。ニッキ・フリッケルがいくら楽観視しようとしても、最悪の事態を覚悟しなければならないことは、だれの目にも明らかだった。

この認識に胸を痛めているのはジュリアン・ティフラーだけではない。ギャラクティカー船全三隻……《ペルセウス》、《カシオペア》、《バルバロッサ》……の内部でも、厳然とした決意の重苦しい雰囲気がたちこめていた。

アノリーたちですら、重苦しさを感じとったらしい。銀河系を隔離してギャラクティカーを抑圧したのが実際にカンタロだということは、ニッキ・フリッケルの報告から疑いの余地がなくなった。それなのに、自分たちと祖先が同じカンタロに、ほんとうに罪があることを信じようとしない。

「かれら、悪用されたにちがいない」デグルウムがいった。「操作されて、もとのかれらではないのです。それ以外に考えられない。わが種族の者がそんなむごいことをするなんて」

それでも、いまやかれらには、ステーションおよび技術的可能性にとりくむ理由ができたわけだ。これまでかれらは、宇宙のこの部分にブラック・スターロードが存在することを頑として信じようとしなかった。それがいまでは、同胞の名誉をいち早く挽回して、カンタロが迫害者ではないことを証明するために招集されたと感じているらしい。

ニッキ・フリッケルが発見した《ソロン》の残骸は、ペルセウス・ブラックホールを通ってシラグサに放出された。つまり、ふたつのブラックホールにつながりがあることは明白だ。アノリーたちの都合とは無関係に。一方向へ移送できたのなら、反対方向も機能するはず。

存在するはずだとわかっている道を見つけるのは、どこにあるかわからない道を探すほど困難ではない……ダオ・リン＝ヘイにもそれはわかる。いまや熟練したアノリーの指揮下でスムーズに進捗《しんちょく》すると期待できた。だが、期待ははずれた。アノリーは手こずっているのだ。時間がたつにつれ、それがメリットになるかも、という考えが浮かぶ。

「かれらが可能性を見つけたとして、それをコントロールする方法をつかむのがまにあわなかったら、どうなる？」と、小声で問いかける。「宇宙船はサヤアロンに移されるのか？　結局われわれはステーションからどこにも行けないのか。まずいことになりかねない」

「かれらの主張によると、ブロック・システムがあるそうだ」ジュリアン・ティフラーはおだやかに応じる。「現段階では、ここから目的地をペルセウスにセットすることはできない」

「いつ可能になる？」

「それはだれにもわからない」

「そんなことを聞くためにここまできたわけではない！」ダオ・リン＝ヘイはいつになく険しい口調になる。

ジュリアン・ティフラーは、わきから彼女を見た。耳にしたくない質問がくると、彼女はすぐにわかった。ちょうどそのとき、なじみのある物音が聞こえてきた。

びくっと身を震わせる。

「なんだ?」とラス・ツバイ。

説明するまもなく、彼女がここですでに目にした光景が、一瞬のうちにあらわれた。

「ナックね」イルミナ・コチストワが驚くほど冷静かつ無感情にいった。

ダオ・リン＝ヘイは、声を聞いてはっとして振り向いた。質問を口にしかけたとき、フェルマー・ロイドのにんまりしたまなざしに出会った。たずねる必要はあるまい。ニッキ・フリッケルはすでに二十四時間ミュータントの介護を必要とする段階を脱したのだ。でなければ、イルミナ・コチストワがそばをはなれるはずはない。

「ナックは前回もあらわれた」と告げる。「カンタロのような罵言を吐いて、武器でわれわれを脅した」

キイワードを待っていたかのように、ナックは吠えるような耳ざわりな音をたてはじめた。はっきり記憶にのこっている音だ。

アノリーたちは不動で立ちつくしたまま、じっとナックを見ている。

ナックがだれに目を据えているのかはわからない。ナックは、ロボット化された人工器官を通して周囲の世界をかろうじて認識する。生体にそなわる感覚器官は、その陰にかくれて見えない。そうでなくても、この生物の反応は完全に異質で、判断の試みはあまり意味を持たないだろう。

最後の毒舌……トランスレーターによってすべて正確に通訳された……をいい終わると、ナックはふいに武器をかまえた。アノリーに向けられている。

「武器をおろせ！」ティフラーが真っ先に反応した。

アノリーは動かない。

「なんてことを……」

ダオ・リン＝ヘイがジュリアン・ティフラーの肘をつかむ。

「ただのホログラムだ」小声でいった。「われわれに危害をくわえることはない！」

ナックが振り向き、武器を彼女に向けた。カルタン人は立ったまま動かない。ナックは自分をおぼえているのか、と疑問に思う。

ナックがまたなにかいった。

「翻訳は？」ティフラーが催促する。「トランスレーターはどうした？」

装置は反応しない。

「さっきとは響きがちがう」ダオ・リン＝ヘイがいうと、怪訝《けげん》そうな表情で見かえされた。

彼女は曖昧《あいまい》なしぐさで応じる。ギャラクティカーよりはるかに繊細な聴覚を持つからといって、咎《とが》はあるまい。

「接続が不安定になっている」デグルウムがいい、装置をチェックしはじめた。「部分的に片側性のようです。あの生物は受信側にいるらしい。ブロック・システムのせいかもしれない」

ホログラフィーに裂け目が生じた。ところどころ透明になり、ゆらゆらしている。デグルウムはあわてず作業をつづけているが、ほかの二名のアノリーがしだいに緊張をつのらせるのが見てとれる。

ダオ・リン＝ヘイは落胆した。かれらにできることは、ほかにないのか？　神経をとがらせて、あてもなく装置をいじくるだけ。無礼きわまりないナメクジ生物があらわれる前に、カルタン人ですらあそこまでやったというのに。

映像はまた鮮明になり、トランスレーターは機能を再開した。ナックは中断したことに気づいていないらしく、さかんにののしり、脅迫してくる。この生物がこれほどの憤怒とはげしさを持つとは、と驚かされた。

「録画なのかな。ただのシミュレーションかも」ラス・ツバイが曖昧にいう。「この種族のこんな態度、はじめてだ」

ナックがかれを凝視したように思われた。だが、ただの印象かもしれない。やがて向きを変えた。

「いまや、両方向につながっているはずです」とデグルウム。「やつにはわれわれが見えるし、われわれの言葉が聞こえているはず」

だが、ナックの場合、そうした可能性を利用する気が本人にあるかどうかにもよる。

目の前にいるナックでは、機能しているらしい。

かれは、〝頭〟……からだの最上部にある部分をそう呼ぶなら……についた触角がアノリー三名のほうに向いたところで、ぴたりと動きをとめた。不動で、デグルウムの言葉に耳をかたむけているのだろうか。すくなくとも、ののしるのをやめてしずかに立っている。そもそも一ナックに、興味ある態度をしめすことができるとすれば、いまがそうなのだった。

「あなたは、いったいなにものですか？」デグルウムがたずねた。

ナックはロボット触角を動かす。相手の言葉をひとつひとつ空中からつかみとろうとするように。

「ラカルドーン」長くためらったのち、ナックはいった。

トランスレーターは反応しない。つまり、〝ラカルドーン〟というのはあらたな罵言ではなく、生物の名前なのだろう。

ラカルドーンはロボット・コルセットのなかでせわしなくからだを動かす。なんらかの装置を調整するように頭をかがめ、またあげた。右に左にとからだをまわし、聞こえない音楽に合わせて奇妙なダンスを踊っているように見える。

ダオ・リン＝ヘイは、毛が逆だつ思いだった。周囲の人々もいやな気分になったのが感じられた。ナックは、ギャラクティカーたちのグループを凝視する。その中央にダオ・リン＝ヘイが立つ。ナックは触角をたえず動かしながら、ときどきアノリーに確実な視線を向けた。

ついに動きがとまった。感覚触角はじっとアノリーに向けられている。ダオ・リン＝ヘイやギャラクティカーへの興味は完全に失われたらしい。やがて、ふたたび語りはじめた。

こんどはののしりではない……ダオ・リン＝ヘイだけでなく、ほかの者たちにとっても意外な状況だった。

「シラⅦは浄化の場所」トランスレーターが通訳する。「シラⅦは再生の場所でもある。問題の解決はそこにある」

ここでナックは話をやめ、ホログラフィーは消えた。だれかがスイッチをオフにしたみたいに。

「ナックを呼びもどせ！」ジュリアン・ティフラーは憤慨して命じる。「ほかにもなにか聞きだせるかもしれない」

アノリー三名は、前かがみで装置をいじっている。さっきよりさらにそわそわしているのではないか。観察するダオ・リン＝ヘイはそう感じた。

「残念ながら、望みには応じられません」やがてデグルウムがいった。かれはつねに威厳ある態度を保持しているが、いまや見るからに気まずそうだ。

「なぜだ？」ティフラーが問いかえす。「なにがあった？」

「わからない。当ステーションの謎をすべて把握すれば操作できますが、しばらく時間がかかるでしょう」

ティフラーは相手をじっと見つめる。アノリーはいまどんな気持ちなのか。ダオ・リン＝ヘイは疑問に思う。

これまで見てきたことから察するに、当地に秘められた謎の〝すべて〟を解明するのは、アノリーたちには無理だろう。ブラック・スターロードについての全知識が欠かせないのに、かれらがそれを持っていないことは確実だからだ。それに、デグルウムの言動と行動には、おちついて作業にとりくみたいから、しばらくじゃまするな、という無言の要求がふくまれている。

「いいだろう」ついにティフラーはいった。「待つことにする」

ギャラクティカーの一団は出入口に向かって歩きだした。アノリーの無言の合図がなにを意味するのかは、だれの目にも明らかだった。

出入口の手前まできたとき、ティフラーがふいに振りかえり、

「事象の地平線の向こうへ。シラ・ステーションを調査したい」

ギャラクティカーたちは待つ。「われわれを外に誘導してもらえるか？」とたずねた。

アノリーが仲間うちでひそひそと相談するあいだ、ギャラクティカーたちは待つ。

「わかった」ついにデグルウムがいった。「いつでもオッケーです」

ダオ・リン＝ヘイは内心ほっとした。この冒険で彼女と同胞たちの頭を悩ませていたのは、まさにその点だったから。かれらが事象の地平線のかなたにある、光に満たされた奇妙な微小宇宙に実際に移動できたのは、未知者の公式群にしたがったからだ。ただし、もどる方法はわからなかった。

この問題が、いまや霧消するらしい。じつに快適なチャンスに思われた。

3

移動はなんの変哲もなく、すみやかに終わった。ダオ・リン＝ヘイは《マーラ・ダオ》船内で過ごした。深刻な問題に直面した瞬間に乗員たちのそばにいたかったから。

スクリーンに見なれた空虚空間の光景があらわれた。はるか遠方に、未知の銀河のまばらな光点が見えている。ダオ・リン＝ヘイは胸をなでおろした。事象の地平線下部の明るさは美しく、それはそれでよい。だが、ブラックホールの外側の宇宙空間の暗黒のほうが、はるかに心地よいのだ。

《ペルセウス》と《カシオペア》も、やはりあたりまえのようにあらわれた。《バルバロッサ》はステーションにのこっている。表向きはアノリー三名をサポートするためだが、かれらがこの種のサポートを必要としているとも、欲しているとも思われない。ジュリアン・ティフラーもやはりそのように考えているはず。《バルバロッサ》をブラックホール内にのこしたのは、むしろひかえめな心の枷《かせ》としてだと思われた。アノリーがギャラクティカーの存在を意識していれば、こっそりずらかろうという気にならないだろうから。

《マーラ・ダオ》司令室内を見まわすと、クルーが手ばなしで安堵やよろこびをあらわしている……よい兆候とはいえまい。カルタン人はふつうそうしたとっさの反応をしないからだ。乗員たちは、〝通常の〟宇宙空間への復帰を勝利であるかのように祝っている。かれらの心は極度に張りつめた状態にあって、それを表に出さないために大変な思いをしていたことが察せられた。

この状況のもと、マイ・ティ＝ショウがふいに語りかけ、ふたりだけで話したいと申しでたのは、意外ではなかった。驚かされたのは、事態が短期間で悪化したことだ。

ふとゲ・リアング＝プオを振り向く。だが、彼女はいまも《ペルセウス》船内にいる……ギャラクティカーのミュータントたち、なかでもとくにイルミナ・コチストワに対して、ふいに強い興味をいだくようになったらしい。

それに対してとくに異論はない。ただ、ゲ・リアング＝プオには周囲の人々に影響をあたえる能力があり、これまで何度かマイ・ティ＝ショウにたいしてその能力を使用してきた。ダオ・リン＝ヘイ自身の能力といえば、パラ露の力を借りて実現させたことの影でしかない。そのほか、わずかなテレパシー能力はあるが、マイ・ティ＝ショウや現状況とのかねあわせではあまり役にたたない。

マイ・ティ＝ショウは、入室すると慎重にハッチを閉じ、

「別離に最適なときだと思います」と、小声でいった。「われわれがここで別れを告げて故郷に帰ることを、あなたの友も理解するでしょう」

宣戦布告としては、とくに斬新なやりかたとはいえないな。ダオ・リン＝ヘイはそう思ったが、マイ・ティ＝ショウに対して公平でないことはわかっていた。かつての全知女性にこのような話を切りだすために、若い女カルタン人は勇気を奮い起こさなければならなかったはず。

「そうかもしれない」ダオ・リン＝ヘイはゆっくりと応じる。「だが、あと数日遅れてもたいしたちがいはないと思うが」

「乗員たちはそう考えていないので」マイ・ティ＝ショウはけなげに返答する。

「それについてはもちろん配慮しよう」とダオ・リン＝ヘイ。「だが、もうしばらくここにとどまるつもりだ」

「なぜです？」

質問は、すかさずかえってきた。マイ・ティ＝ショウらしくない、反抗的といえなくもない響きがある。

「ギャラクティカーがわれわれの手助けを必要とするだろうから」ダオ・リン＝ヘイは慎重にいった。

「そんなこと、ありません！」

ダオ・リン＝ヘイは両目をスリットになるくらい細めたが、マイ・ティ＝ショウは反応しない。くってかかりそうな様相だ。

もと全知女性は、このやりかたでは埒《らち》があかないことを悟った。クッションに身をしずめ、すくなくとも見た目にはリラックスする。マイ・ティ＝ショウへのシグナルにはかならない。

「わたしはこのテーマにおちついてとりくむ用意がある。だからすぐにかっとしないで話し合おうではないか」

一瞬、相手はルールを完全に無視して、立ったまま口論をつづけるかに思われた。だが、やがてオファーを受け入れて腰をおろした。ダオ・リン＝ヘイとはちがって、腰が浮いた感じで。こんどはそうかんたんに譲歩しないと思われた。

「郷愁があるのか？」ダオ・リン＝ヘイがたずねた……そうでないことは承知しているが、とっかかりが必要だ。

マイ・ティ＝ショウは率直かつ誠実なまなざしを向けた。

「いいえ」と、応じる。「たとえそうだとしても、そのためにあなたにしたがうのをやめることはありません。宇宙の果てまで、必要ならさらにその先までも。でも、現在、この場所で、その必要はありません」

「ほんとうに確信しているのか？」

「ギャラクティカーはわれわれを必要としていません」マイ・ティ＝ショウは、はげしい口調で応じる。「それに、かれらの問題はわれわれには無関係です」

「サヤアロンには、何者かが存在する」ダオ・リン＝ヘイは懸念を表明する。「それは、一星雲全体を一分の隙もなく封鎖し、ひとつの銀河の全住民を組織的に抑圧して制御し、操作する力を持つ」

「それならいっそう、その力を避けるべきではありませんか。われわれが脅かされているわけではないでしょう！」

「この力がアルドゥスタアルに手を伸ばそうと思いついたらどうなるか……考えてみるといい。いまギャラクティカーに味方して、わが身に災難が降りかかる前に撲滅させる手助けをするほうがいいではないか」

「われわれの任務ではありません」マイ・ティ＝ショウは反抗的に応じる。

ダオ・リン＝ヘイは若いカルタン人を見ながら考え、

「では、われわれの任務はなんだと考えている？」と、おだやかにたずねた。

マイ・ティ＝ショウのからだがぴくっとした。痛い質問だった。彼女は相手の目を見ようとしない。

マイ・ティ＝ショウ……および《マーラ・ダオ》全クルーの任務は、タスク一としてダオ・リン＝ヘイを保護すること。タスク二として従順でいること。タスク三からタスク十に位置するのは、カルタン族への忠誠を守ることなどだ。カルタン人宙航士はみな、同胞の安全に対して責任感をいだいている。それ以降はずっとなにもなくて、最後のほうに各乗員の個人的興味がテーマとされる。

「あなたにとって危険が大きすぎます」長い沈黙のあと、彼女は唯一の確実なポイントをもう一度引き合いに出す。もはやたよりない足場にすぎないとしても。「わたしには、あなたの安全がなによりも重要です」

「ならば、わたしをコットンでつつんでフォリオで巻くんだな」ダオ・リン＝ヘイは皮肉っぽく奨励する。「そのやりかたでうまくいかないことがわからないとは。わたしについての話を充分に聞かなかったのか！」

「あなたはたくさんの謎をご存じです」マイ・ティ＝ショウははげしい口調でいいかえす。「何百年も前から数々の疑問がわれわれの頭を悩ませていますが、あなたは多数の疑問の答えを知っています。だから、無用な危険に立ち向かってはいけません！」

「そんなことをするつもりはない」ダオ・リン＝ヘイは間延びした口調で応じる。「目下のところ、われわれにとって危険はない。つまり、もうしばらくここに滞在しても、リスクを冒すことにはならない。ギャラクティカーは問題をかかえている。かれらは、あそこにあるステーションのひとつに関するヒントを受けとった。徹底的な捜索が価値を持ちそうな、なにかが存在するとか。われわれも捜索にくわわるべきだと思う」

マイ・ティ＝ショウはなにもいわない。あふれるほどのよろこびは感じられないが、ダオ・リン＝ヘイも期待していたわけではない。

「そのほか、モトの真珠の件もある」と、いいそえる。「これまでにそこから引きだしたものはおそまつだが、ギャラクティカーの手を借りて、謎のメモリーからもっと情報を得たいと考えている」

「われわれがこれまでにやってみた以上のことは、かれらにもできません」マイ・ティ＝ショウは懐疑的だ。「進展があるまで待つなら、何日もここにいることになります」

「待つことにする」ダオ・リン＝ヘイは提案し、腰をあげた。話し合いを終わらせたい意志表示だ。「約束しよう。それほど長くはかからない」

マイ・ティ＝ショウは無言だったが、そのまなざしは言葉より多くを語っていた。かつての全知女性に感嘆しているにもかかわらず……いまは彼女の言葉を信じていなかった。

正しい判断といえるだろう。ダオ・リン＝ヘイには、カルタンへの郷愁はないのだから。

＊

ジュリアン・ティフラーが《マーラ・ダオ》を訪れたのは、第一捜索隊が出動したあとだった。三隻の宇宙船は、研究ステーションにじかにコンタクトせずにシラⅦの近距離まで接近した。

「ナックが深刻な手がかりをわれわれにあたえるつもりだったとは思えない」ダオ・リン＝ヘイは懐疑的にいった。「われわれを手っとり早くやっかいばらいしようとしたのかも、だな。背後になんらかの悪ふざけがあった可能性もある」

「罠とか？」ティフラーは額にしわをよせてかぶりを振る。「罠には準備がいる。われわれがいつここにくるか、そもそもくるかどうか、だれも知らないはずだ」

「われわれ、すでに長いことここにいる。それに、罠はずっと前にしかけられたのかもしれない」

「それでもなお、あなたも捜索隊を送りだした」ティフラーはにっこりした。

「あなたと同じ理由から、だと思う」ダオ・リン＝ヘイはそっけなく応じる。「第一に、まだなにかのこっているかもしれないから。第二に、ちょっとした変化が得られる」

「モトの真珠からなにが得られるか、気になるところだ」ティフラーは小声でいい、ダチョウの卵大の物体に目を向けた。「あなたの報告は興味深い。とくにテラの衛星内部にとりこまれたくだりが」

「残念ながら、それほど実りはなかった」ダオ・リン＝ヘイは釘をさす。あとで落胆されないために。

しかし、ティフラーは珍しい真珠の魅力にすでに心を奪われていた。さまざまな側面を見れば見るほど、思いは強まった。

ダオ・リン＝ヘイは、それまでにモトの真珠内部に発見したものをすべて、ティフラーにしめした。エルンスト・エラートがアムリンガルから〝旅立った〟こと、ガルブレイス・デイトンとの会話、《バジス》に起こった出来ごとについて、かれが……どのようにしてかは疑問だが……想定するシミュレーション。あまりよろこばしいとはいえない《ナルガ・サント》のストーリーもふくめて。シラグサ・ブラックホール周辺地域についての複雑な計算値のしるされた〝書きなぐりメモ〟には、ふたりはちらりと視線を投げただけだった……これは科学者たちにまかせればいいから。

ティフラーは背もたれに身をまかせ、額をさする。

「神経を消耗するだろう」ダオ・リン＝ヘイが小声でいった。「休憩を入れるといい」

「あなたもだ」と、ティフラー。「配下のカルタン人は……アミモツオを《ペルセウス》に移動させるのに反対しないだろうか？　《ペルセウス》にはエラートを知る人がいるから……成果をあげる手がかりが得られるかもしれない。一方では、好奇心旺盛なギャラクティカーたちがこちらに押しよせてきたのでは、あなたの部下たちに申しわけない。すでに神経質になっているようだから」

「アミモツオはわたしの戦利品だ」ダオ・リン＝ヘイは泰然といい、きらきらする宝石をホルダーから持ちあげた。「自分の好きなようにするまでだ」

「あなたの所有物は、種族全体の所有物でもある」ジュリアン・ティフラーはきっぱりと応じる。「そのようになっていたはず。それとも、なにか変化したのか？」

「あなたが考えるより、はるかに多くが」ダオ・リン＝ヘイは慎重に言葉を選ぶ。

一時間後、モトの真珠は《ペルセウス》船内ラボの、波長を正確にセットしたハイパー通信装置のあいだに吊りさげられた。ダオ・リン＝ヘイは、あらためてエラート・ファイルを開く。大勢の科学者たちがかたずをのんで見守った。エラートの報告は、すべて記録されていく。かれらはそこからなにを引きだせるのか、とダオ・リン＝ヘイは自問した。

得られるものはいくらもあるまいと思われた。エラートの報告は短く、データや時間要素については、ほんのわずかしか明かしていない。この点の情報をあたえる気がない感じなのだ。

「時間について混乱があるようだ」ダオ・リン＝ヘイに指摘されて、ジュリアン・ティフラーがいった。「報告を作成したとき、かれがどのような方法で宙航していたのかはわからないが、必要な時間データを確認する技術的方法がなかったのではないかと思う」

ティフラーのいいたいことがよく理解できない。だが、もっと詳しく説明してほしいとたのむのはひかえた。

「それでも、もうすこしはっきりと表現できたはずなのに」ティフラーが先をつづける。「それに、なぜ報告がここでとぎれているのか。《ナルガ・サント》を去ってからどこに行ったのか？　アミモッツオの破片はどうやってカラポン人の手に落ちたのか？」

「そのテーマについての報告は、べつのファイルにあるのかもしれない」ダオ・リン＝ヘイが推測を口にする。「そうだとすると、ファイルを開くのにすこし時間がかかる。インパルス・パターンはすごく複雑だから」

ジュリアン・ティフラーはアミモッツオをじっと観察する。見たばかりのシーンが思い浮かんだ。奇妙なメモリーは壊れてしまった。この部分は長いこと《ナルガ・サント》の残骸のなかにあった。ほかのは……

《ナルガ・サント》だ！

からだがかっと火照《ほて》った。なぜ忘れていたのか、まったくわからない。

「《ナルガ・サント》はブラックホールを通過した」

「そうだ」とダオ・リン＝ヘイ。「そのことは、われわれも知っている。この地域に漂流する残骸をあなたが見つけたときから」

「非常に大きな宇宙船だった」ティフラーは先をつづける。「通過時の条件は……」

「それも、あとから知った。ぶじに通過するチャンスはなかったと」

「われわれ、残骸を発見した」ティフラーは重い気持ちで応じる。「のこったのはほんの一部だけ。かろうじて同定できた程度に」

ダオ・リン＝ヘイは真珠を凝視しながら思う。そろそろ迷信をすこしくらい信じてもいいのではないか。アミモツオはアミュレットと呼ばれるものとはちがうらしいから。《ナルガ・サント》ののこりの五分の四がひとつの塊りのままで見つからないことは、もちろんもうとっくにわかっている……どこを探すべきか見当もつかないことはべつとしても。それでもなお、冷徹な論理をけなげに排除して、ちっぽけな希望のかすかな光が存在していた。いまや、それも消えた。

「困難なときだ」ささやきながら、ニッキ・フリッケルや《ソロン》、ほかのギャラクティカー船に思いをはせた。いま生存しているかどうかわからない自由航行者やパルチザンのことも。

「わたしもそう思う」ティフラーは悲しげにつぶやく。

真珠に目をやって、

「伝達ニーズが弱いのは、破損部分のせいかもしれない」と、いいそえる。ダオ・リン＝ヘイの沈んだ気持ちを逸らせたかったから。「あなたがつなぎ合わせたやりかたのため、とか。とてつもなくハイグレードなメモリーだから、わずかなミスも深刻な結果をもたらしかねない」

「破損個所は、問題なくまた分離できる」ダオ・リン＝ヘイが説明する。とにかく一刻も早く、胸をしめつける記憶から気持ちを逸らせたくてたまらなかった。

「では、それを実行させよう。そのあいだに、シラⅦの捜索隊の報告を聞かなくては」

ティフラーは、いまダオ・リン＝ヘイをひとりにしないほうがいいと考えているらしい。

どう反応するべきか、よくわからない。たのみもしない思いやりをしめされるたびに、そんなふうに介入しないでくれと、とっさにいいたくなる。

でも、そうはしない。第一にシラⅦにもカルタン人捜索隊がいるから。第二に、ジュリアン・ティフラーにまでとげとげしくあたるのは不要だと、すこし考えてわかったから。

捜索隊についていえば、気持ちを逸らす助けにはあまりならなかった。出動した三隻の船長の報告は完全に一致していたからだ。

「特別な出来ごとはありません。捜索の成果ゼロ」

かれらは報告してから、かすかないらだちを見せて、当然といえば当然な疑問を口にする。それにしても〝なにを〟探せばいいんですかと。

《ペルセウス》からの返事。

「われわれにもわからない。とにかくなにか目につくものがあったら報せてくれ」

捜索隊からの中間報告。

「外殻に驚くほど大きな穴がいくつもあります！」

《ペルセウス》の返答。

「きみたちも、そのうちジョークが底をつくだろう。お調子者め！」

「ほんとうに？　いつです？」

通信装置担当のテラナーかとまどってジュリアン・ティフラーを見た。

「ネジがゆるんでいるようだ」とティフラー。「かくれんぼごっこをはじめなければいいが」

「外殻に驚くほど大きな穴がいくつもあります」カルタン人の捜索隊が大まじめに告げた。

全通信回路でどっと笑い声が起こった。

「充分です」通信担当者が口を切る。「穴には興味ありません。捜索をつづけてください。壁のどこかにロゴとかあるかもしれない」

「壁のどこにもロゴなんてないかもしれない」だれかが応じる。「かわりに錆《さび》だらけの装甲につつまれた騎士が見つかるかも。亡《な》くなったばかりのあるじに、装甲が哀歌を口ずさんでいるとか」

「その場合、捕獲すること」と通信担当者。「おふざけはいいかげんにしてください」

「アル、ウル、グルゲル！」

「いったいなんです？」通信担当者はぎょっとしてたずねた。人が絞め殺されるように聞こえたからだ。

「わたしは銀色ヴァルトのゾンビだ」陰気くさい声が聞こえてきた。「そちらに行くぞ。おまえたちを食ってやる。うぉおお！」

「いいかげんにしてください！」通信担当者は激怒して叫ぶ。「みんな、頭がいかれたのか？」

ジュリアン・ティフラーがダオ・リン＝ヘイに合図し、ふたりは後退した。通信担当者はそれを見て、マイクロフォン・リングに向かって小声だがはげしい口調で話す。怒りのおかげで適切な言葉が見つかったのだろう。一瞬にしてしずまった。

「なにも見つからないでしょう」司令室にいるラス・ツバイが意見を口にする。「わたしもこの目で見てきましたが、あそこは死に絶えたステーションでしかない。捜索は中止するべきでしょう」

「銀河系への航路が開けたと《バルバロッサ》から連絡があるまではだめだ」ティフラーが応じる。「実際にあそこになにもないとしても……手抜きがあったとあとから自分を責めるのはいやなのだ。それに、すこしくらい気晴らしがあっても害にはなるまい。みんな楽しんでいるようだし」

一瞬ためらってから、いいそえる。

「この件全体に関してひどくいやな予感がする。出動中の人々が羽目をはずして、笑い声が喉で凍りつく結果とならないよう、気をつけてくれ」

ラス・ツバイは、思慮深く相手を見る。

「悪ふざけをやめさせます。いますぐ！」きっぱりといい、急ぎ足で司令室を出ていった。

4

アミモツオをふたつに分解して慎重に浄化したのち、細心の注意をはらって計測する。そのさい、片方の破損個所に膜のように薄い物質が付着していることが判明した。モトの真珠をホルダーに固定させるために、だれかが過去に使用した物質の残存物なのだろう。カルタン人の活動によるものなのか、だれにもわからない……物体は、カラポン帝国の宮殿にたどり着くまでに多数の手を通ってきたから。

こうした処置によってアミモツオの持つ情報をもっと引きだせるようになると、だれもほんとうに考えているわけではない。だが、思いのこしのないように、できることはすべてやっておきたかった。

「すくなくとも、あとふたつ報告があるはず」とジュリアン・ティフラー。すべての処置はすみ、エラート・ファイルをもう一度開く作業に入ったところだ。いまのところ、捜索の手がかりとなりそうなものはほかにない。「ガルブレイス・デイトンとの会話からカルタン人とのミッションまでのあいだに大きな溝があるようだ。ふたつの出来ごとのあいだには、数十年が経過している……軽く言及するべき発見がひとつもなかったとは考えられない。第二のポイントは、《ナルガ・サント》から脱出したあとの時間。割れたアミモツオの片方を、かれが持っていたことはわかっている。未知への出発を描写したのに、その後の宙航について触れさえしない、合理的な理由はないように思う」

「技術的な可能性を持っていたかどうかにもよると思うが」とダオ・リン＝ヘイ。「そもそもどのような方法でアミモツオになにかを記録できたのか、ヴィジュアル映像の記録もふくめて、いっさい触れていない。映像を見ると、かれが情報を記憶ユニットに直接〝思考した〟という印象をときどき受けるが、情報伝達にどのような技術ツールを利用できたのかはつかめない……ツールが必要だったとしてだが。技術的な詳細について、どのみちそれほど関心がないようだ。宙航の方法についてもまったく触れていない……たとえば、サヤアロンからアルドゥスタアルにどう移動したとか」

　アミモツオを見守るのは、いまやダオ・リン＝ヘイとジュリアン・ティフラーのみ。エルンスト・エラートの報告は記録されているから、興味を持つべきだと考える者、あるいは問題解決に貢献できると思う者、だれでもアクセスできる。

　いまやダオ・リン＝ヘイは、エルンスト・エラートについて充分な情報を得た。ただし、これが最新データであるかどうかは、だれにもわからない。エラートについては、いつ驚かされてもおかしくないという。

　ふたりは、記録の重要な部分を何度もくりかえして見たが、なにも得られなかった。ほかのファイルにハイパーリンクする可能性もない。専門家たちは、記録の最初から最後まですべての映像を分析するさい、ありとあらゆる技術トリックを利用したが、さらに調査する価値があることをしめすヒントすら得られなかった。

　この事実に、ダオ・リン＝ヘイはそうとう落胆した。

　エルンスト・エラートはテラナーだ。カルタン人には、テラナーの思考法は往々にして理解しにくい。でも、同じテラナーなら、しかもジュリアン・ティフラーのようにエラートと同時代に生まれた者なら……そのことも、彼女は知った……すくなくともなんらかの手がかりが得られるのではないか。

　しかし、ジュリアン・ティフラーはとほうにくれている。

　ふたりは、何日もかけて調査をつづけた。休憩が必要になると、インパルス送信機は作動したまま……ファイルは開かずに過ごす。

　もどかしい状況だった。

　いつしかジュリアン・ティフラーはうんざりした。

「すこし休む必要がある。今回は数時間の睡眠ではたりない。あなたも無理をしないことだ。ここの映像は脳を消耗する」

「わたしはもうだいじょうぶだ！」ダオ・リン＝ヘイは短く応じる。

「理性がはたらかなくなるぞ！」ティフラーが小声でいった。

ダオ・リン＝ヘイは答えない。

アミモツオとともにとりのこされると、安堵に近いものを感じた。ジュリアン・ティフラーやほかのギャラクティカーに対して異議があるわけではない。そばにいてじゃまなわけでもない。だが、モトの真珠から送られてくる特殊な魅力を感じるのは、そばにだれかがいて気を逸らされることなく、アブストラクト・メモリーにすっかり身を投じられるときだけなのだ。

ときどき疑問に思う。アミモツオはただのメモリーなのだろうかと。ほかのなにかが秘められているのではないか。いかに魅力的な由来があるとはいえ、ただのメモリーがこれほどまでに心を惹きつけるはずはないではないか？

背もたれによりかかって珍しい物体を眺める。うっとりとさせる光を放散していた。神秘的かつ魅力的な吉兆の光。

しかし、吉兆はしるしだけで、なにも起こらない。

もう一度、《ナルガ・サント》のファイルを開く。

エルンスト・エラートが高位女性に会い、《ナルガ・サント》がスタートし、カタストロフィに……これらのシーンは何度も見たので、報告は暗記していた。

どこかにヒントが〝あるはず〟。

だが、ヒントがどのような外見を持つのか、まったく見当がつかない。アミモツオから情報を引きだすために、ハイパー通信シグナルを放射する。この刺激に反応して、独立したハイパー送信機のように作動する。

受信機をひとつだけ配置すればいい。あとはほとんど自動的に進行する。無数のマイクロファセットのすべてが、それぞれ独自の記憶ユニットであり、独自の解放コードを持つというしくみだ。

カラポン人ばかりか、カルタン人やテラナーも、アミモツオに無数のシンボル・グループを浴びせかけた。だが、得られた結果は乏しいものだった。

カラポン人が開けることができたのは、たったひとつのファイルだけ。

カルタン人はその後、一群の数学データに行きあたった。シラグサ・ブラックホールの事象の地平線下部に到達するのに欠かせない宙航データに関連するものだ。

それがすべてだ。テラナーはまだなんの成果も出していない。

理論的には、エラートはあらたな情報を記録するのに好き勝手なマイクロファセットを利用できただろう……だが、ダオ・リン＝ヘイはその可能性を信じる気になれない。エラートは、報告のはじめにいっているのだ。

「〝アムリンガルの時の石板〟のアブストラクト・メモリー内にある個人データ・ファイルを開いたところだ」

ここで〝個人データ〟・ファイルと強調している。複数のファイルではない。

アミモツォは、もちろんそうした〝個人的な〟記録のためではなく、まったくべつのタスクをはたすためにあるのだろう。おそらく……継続的または一時的な……オーナー、いや、どちらかというとユーザーが、アミモツォを〝個人的な〟用件に使用することが、条件つきで認められているのだろう。その場合、使えるのは一マイクロファセットのみ、あるいはその微小な一部分だけにかぎられているはず。

エラートの記録がほかにもあるとすれば、既知のファイルと密接につながっていることはまちがいあるまい。おそらく同じコードに反応する。だが、アクセスできずにいるのだ。

そのファイルを開くことができれば……

思考はゆっくりとやってきた。映像を見つめ、声に耳をすます。第三者として《ナルガ・サント》内部を観察していると、ふいに考えが浮かんだ。

かれは、カルタン人とネガティヴな体験をいくつもしたのだ。

重大な発見ではないが、これまでだれひとり考慮しなかったポイント。エラートはまったくの自由意志で報告を作成したという印象があった。うっかり口にしたことが、のちにブーメランとなって自分ばかりか同胞である人類にはねかえってくるかもしれないと危惧しているようには、すこしも見えなかった。

同時に、特定の情報が欠如しているのは、ひとえにアミモッツオの状態のせいだと考えていた。たしかにメモリーはダメージを受けたから、情報の一部は失われたかもしれない。

だが、外的状況のせいではなかったとしたら？　カルタン人と不愉快な体験があったため、微妙なデータをエラートが〝故意に〟かくしたとしたら？

ゆっくりと身を起こす。

それなら、意味があるではないか！

アムリンガルの時の石板をどこで、どうやって見つけたらいいのか、エラートからはなんの示唆《しさ》もない。映像を見ても、部外者にはなんのことかわからないのだ。ルナへの転移についてもしかり。異人が方法を見いだすヒントとなるものはない。カルタンの座標はおろか、なんの情報もない。《ナルガ・サント》の運命に関する報告は、警告と考えられた。

せっかくメモリーの内部に入りこめたからには、得られたデータを慎重にあつかわなくては！

破壊力を持つ特定のインパルス・パターンに対する警告も、この想定にしっくりする。エラートは、どんなにがんばってもアミモッツオには歯がたたないとわかっていたのではないだろうか。解明の試みは当事者にまかせているとはいえ、真実を熱心に追求するあまりにメモリーが破壊されることのないよう、予防措置をとっている。

自作ファイルを開く鍵となるインパルス・パターンを明かしたのも、意図的なものかもしれない。同胞たちの好奇心は知っているのだから。もしかするとアミモッオは宇宙のメッセージ・ボトルのようなものかも。エラートは、いずれかならずテラナーたちの興味を惹くことになる物体へのさまざまなヒントを、意識的にこのなかにインプットしたということか。

テラナー宛ての〝ほんとうに〟重要な情報は、部外者にはアクセスできないように秘《ひ》匿《とく》したのだろう。

ダオ・リン＝ヘイは、エルンスト・エラートに関するデータについてはいっさい考えないことにした。というのも、純粋な数字なら解読されるのは時間の問題だから、コードとして安全とはいえない。モトの真珠のファイルを開こうとして、たまたま正しいコードが見つかってしまうかもしれないのだ。

ということは、エラートの過去と関係があって、一テラナーにしかわからないなにかであるはず。

ジュリアン・ティフラーを呼びよせた。

「エルンスト・エラートというテーマで思いつくことはいくつもある」ティフラーは慎重に語る。「だが、かれが個人的な内容を選んだとは考えにくい。われわれの歴史およびエラートの両方に関係のあることではないだろうか。おそらく論理および時間と関連性のある概念の組み合わせだろう。エルンスト・エラートにとって、時間はいつも特別な意味があったから。他方では、それほど多くの概念ではあるまい」

ここでいったん言葉を切り、いくつかの言葉やデータをメモする。

「最近の過去からとりあげたものはあるまい」と、考えを口にした。「はるか昔の出来ごとで、過去に興味を持つテラナーが存在するかぎりかならず記憶によみがえるほど、大きな歴史的意味を持つものであるはず。同時に、エルンスト・エラートにとっても忘れられない期日。誕生日は、かれにとって重要でも歴史的な意味はない。かれの肉体が死んだ日は……」

ダオ・リン＝ヘイは相手の言葉が理解できたが、それでもはっとさせられる。

「とっさに思いつく歴史的関連性はない」ティフラーは小声でいい、かぶりを振った。

「あ、わかったぞ！」

「たしかか？」ダオ・リン＝ヘイは、信じられない気がした。そんなにスムーズに進展するとは思っていなかったから。

ジュリアン・ティフラーは曖昧なしぐさをして、

「これがだめなら、また最初からやりなおすだけのこと」と、軽い口調だ。「名前や日付ならほかにもいくらでもある。適切な組み合わせを見つけるのは時間の問題だろう」

「シントロニクス……」

「なしでなんとかするさ！」とティフラー。「ときには頭をひねることも必要だ。エルンスト・エラートはかなりきつい条件のもとでコードをインプットしなければならなかったと思われる。そのため、発想もいくらか限定されたのではないか」

「でも、それほどかんたんだとしたら……」

「けっしてかんたんではない……エルンスト・エラートと面識があって、かれのストーリーを知っているならべつだが」

ダオ・リン＝ヘイはじっと観察して、文字を読む。

「ＡＳＨＤＯＮ－３５８７－ＥＳ」

「どういう意味だ？」と、たずねた。

「まんなかは年号」ティフラーは説明する。「この年、エラートはほかのミュータントたちとともに超越知性体〝それ〟に合体した。これより前は、アシュドンという名の少年と同じ肉体に入って活動していた。すべては理にかなっている。アシュドンは三五八七年に〝それ〟と合体する。これから導きだされるのはつぎの数列だ……まずは六つのインパルス。次に四つ、次にふたつ。一種のピラミッド。テラナーはピラミッドが大好きだから、あとは置換して発信すればいい」

ティフラーの楽観性がじわっと感染したらしい。自分でも意外なことに、すんなりと解読に成功してもおかしくないという気になっていた。

「すべて記録されるようにしてくれ！」ティフラーはいい、作業にとりかかった。ダオ・リン＝ヘイはもどかしさにじりじりしたが、それでも各回路をかならず三回点検した。

ふたりの視線が合う。ティフラーはうなずき、「いちかばちか！」と、小声でいった。

インパルスが送信される。

アミモツオが反応した。

あらわれたのは真っ暗なシーン。漆黒のなかにブルーの点が浮かび、ゆっくりと拡大していく。しだいに構造が形成され、最後にダオ・リン＝ヘイとジュリアン・ティフラーの目に見えたのは、カラポン人に知られたかたちのモトの真珠だった。

映像はそれだけ。

ジュリアン・ティフラーは、落胆してかぶりを振る。

「解決法がかんたんすぎたらしい！」小声でいう。

ダオ・リン＝ヘイが見ていると、ティフラーは送信機にあらたなコードワードをインプットするところらしい。彼女は目を細めてモトの真珠の映像を見つめる。なにかが……

「待て！」あわてて声をかける。

すぐにエルンスト・エラートが語りはじめた。

「アミモツオは壊れてしまった」落胆と疲労の混じった悲しげな声。「銀河系を救援しようとしたのは、わたしの誤算だった。《ナルガ・サント》は破壊され、カタストロフィを生きのびた少数の者たちは、だれにも手を貸すことはできまい……かれら自身、助けを必要としている。わたしのこれまでの尽力は、なにひとつ実を結ばなかった」

エルンスト・エラートはしばらくなにもいわない。見えているのは、やはりモトの真珠だけ。

「わたしのほんらいの任務を考慮すべきときがやってきた」しばらくして、かれは先をつづけた。「ゲシールの黒い炎にかけて。わたしは任務を遂行し、ゲシールの件をピンポイント的に解明する」

ふたたび間をおいてから、いいたす。

「アミモツオは、おそらくあらゆる知性体に、所有したい、内在する秘密を究明したいという欲求を呼び起こす物体だ。この種の物体は、諸生物の口の端にのぼって注意を喚起する噂やエピソードの内容となる。この追加ファイルは、友だけ……テラナーの過去に関する知識を持つ者、あるいは〝それ〟とつながりのある者にしか開けないように保護されている。それでも、理論的には部外者がこのファイルに侵入する可能性がある……テラナーの敵ですらあるかもしれない。そのため、ゲシール関連ののこりの情報はすべて、悪用される危険のまずない、べつの追加ファイルに保存した。そのファイルは、ペリー・ローダン本人にしか開くことができない」

記録は終わったらしい。エラートは口を閉ざし、モトの真珠の映像は消えた。

ダオ・リン＝ヘイとジュリアン・ティフラーは顔を見合わせた。

「ゲシールとは！」長い沈黙のあと、ティフラーが深く考えながら口を切る。「なんということ。いったいどういう意味だ？　エルンスト・エラートとローダンの妻がどう関係している？　かれの任務とは？　だれがあたえ、いつ、どこで、どんなふうに進行した？」

カルタン人はアミモツオを見つめながら、ティフラーの投げかける疑問について考えた。

「この物体をペリー・ローダンにとどけなくては」しばらくしてからやっと口を開く。

「答えを得るにはそれしかあるまい」

「そうかんたんにあきらめるものか！」ティフラーはいきりたつ。「われわれのメモリーには、重要人物に関する詳細な資料がそろっているのだ。エルンスト・エラートもそこにふくまれる。利用可能な情報をかたっぱしからチェックさせる。エラート、ローダン、ゲシールのデータをクロスコネクトして、組み合わせたインパルスすべてをアミモツオに送信する。いまいましいシロモノがどれにも反応しないとは考えられない！」

「それはエルンスト・エラートに対する過小評価というもの！」ダオ・リン＝ヘイは小声で警告する。「なによりアミモツオへの過小評価だ。あなたの手にどれだけのデータや情報があったとしても。それでは、エラートの秘密の報告を知ってはならない者たちにもアクセスできてしまう。このケースでは、名前やデータをいくつか組み合わせただけではあるまい。ペリー・ローダンが必要だ。ほかの方法はすべて意味を持たない」

「結果を待とう！」

ジュリアン・ティフラーの気持ちはよくわかる。彼女もティフラーと同じくらい落胆したのだ。もっと成果があることを期待していたから。

それでも、得たものはおおいにあった……すこしも予期していなかったもの。ゲシールについての示唆には、はかりしれない重要性がある。ファイルはほかにも存在するという絶対的な確信が得られたことはべつとしても。それらの中身にアクセスすることも可能であるはず。

そのためには、モトの真珠をペリー・ローダンにとどけるだけでいい。

銀河系へ。

《ソロン》を破壊した襲撃を、ペリー・ローダンが生きのびてくれたことを願うばかりだ。

5

「そんなこと、だめです！」マイ・ティ＝ショウがいった。

毛が逆だち、両目がきらりと光る。鉤爪は赤い照明を反射していた。かつての全知女性に対する敬意は、いまはほとんど見てとれない。

「許されません！」彼女はくりかえした。声というより息音に近い。

「おまえの許可などいらない」ダオ・リン＝ヘイは冷ややかに応じる。「ここにきたのは、おのれの行為を正当化するためではない。《マーラ・ダオ》のクルーに決定を知らせるためだ」

「それで、われわれがはいそうですかと受け入れるとでも思っているんですか？」マイ・ティ＝ショウは息音まじりにたたみかける。「頭がどうかしています！」

「どうするつもりだ？」ダオ・リン＝ヘイは平然とたずねた。

「あなたを拘禁します！」

「ほんとうか？」ダオ・リン＝ヘイは、激怒する《マーラ・ダオ》船長をおもしろそうに見つめる。「わたしを拘束し、わたしの意志に反してカルタンに帰れると思っているのか？　片腹痛いというものだ、マイ・ティ＝ショウ！」

「おかしいことなんて、どこにもありません！」

ダオ・リン＝ヘイはため息をつき、

「まずはわたしの話を聞くんだ」低くおだやかな声でいった。「さあ、マイ・ティ……腰をおろして理性的に話し合おう」

「いいえ！」マイ・ティ＝ショウは頑としてゆずらない。「わたしの考えを変えることはできません！　かつてあなたはヴォイカでした。つまり、同胞に奉仕する義務がおありです。ギャラクティカーたちに貢献して、かれらと立ち去るなんて、許されません。われわれとともにカルタンに行き、最高位女性の任務についていただかないと」

「強制的に？」

「ほかに方法がなければ」マイ・ティ＝ショウは歯をぎゅっと嚙みしめ、うなるようにいった。「強制することになります！」

相手を変心させることはできそうにない、とダオ・リン＝ヘイは感じた。このテーマを、言葉で通すのは無理だろう。それに、あからさまな武力は避けたい。同胞たちとの橋をすべて破壊するつもりはないから。

「わかった」ゆっくりと言葉を口にする。「ではゲ・リアング＝プオを呼んでくれ」

ない。


「同意なさったんですか？」マイ・ティ＝ショウは驚いてたずねた。

「イエス」

聡明なマイ・ティ＝ショウは、ハッチのそばに立って思いをめぐらせた。ダオ・リン＝ヘイがトリックを使うかもしれないと推測されたが、どのようなトリックか、わからない。

「ゲ・リアング＝プオに知らせます」しばらくしてから、彼女はいった。躊躇《ちゅうちょ》して指をわずかにひろげている。テラナーなら肩をすくめるのに相当する。「直接話していただいてもいいと思います。ゲ・リアング＝プオもここにとどまる意向であれば、特別な配慮はしません。われわれにとって、彼女はあなたほど重要ではないので」

「ゲ・リアング＝プオは、どこであろうとわたしに同行するだろう」と、ダオ・リン＝ヘイ。含意あってのことだ。

マイ・ティ＝ショウはびくっとした。この一撃には効きめがあった。ダオ・リン＝ヘイは気づいたが、よろこぶことはできない。

《マーラ・ダオ》司令室で、マイ・ティ＝ショウはみずから《ペルセウス》に交信した。まもなく医療部内の一キャビンがスクリーンにうつしだされた。

ゲ・リアング＝プオがイルミナ・コチストワに向かいあってすわっている。精神を集中させた、真剣な表情だ。

「《マーラ・ダオ》でおまえが必要だ」とダオ・リン＝ヘイ。「可及的すみやかに」

「いいえ」マイ・ティ＝ショウが口をさしはさむ。「〝大至急〟お願いします！」

ゲ・リアング＝プオは瞬間的に考え、

「わかった」しずかな口調で応じる。「そちらに行く」

ダオ・リン＝ヘイはキャビンにもどった。それに対して、マイ・ティ＝ショウは不満をかくそうともしなかった。もと全知女性を司令室で迎えたかったのだ。いますぐアルドゥスタアルに帰りたいという願いで頭がいっぱいのクルーにかこまれて。司令室ならいつでも支援が得られるから。

マイ・ティ＝ショウが保安係を数名呼ぼうかと考えたことも、ダオ・リン＝ヘイは知っている。それどころか、その場で即刻ダオ・リン＝ヘイを逮捕させようかとすら思ったが、なんのきっかけもなく実行する勇気はなかったのだ。

ゲ・リアング＝プオがキャビンにやってきた。マイ・ティ＝ショウをちらりと見てから悠々とシートに腰をおろす。呼ばれた理由も、ダオ・リン＝ヘイが自分になにを期待しているかも、もちろんすでに承知している。

「われわれ、いまやアルドゥスタアルに帰るべきだとマイ・ティ＝ショウは考えている」それでもなお、ダオ・リン＝ヘイは説明する。《マーラ・ダオ》船長にわずかのヒントもあたえたくないからだ。「あなたは同意するか？」

〈このような方法で彼女を遠ざける必要があると、ほんとうに考えているんですか？〉

〈ほかに選択肢はあるまい。わたしは事実上囚《とら》われの身だ〉

〈では、とどまるつもりなんですね？〉

〈そうだ。しかし、それは考慮しなくていい〉

ゲ・リアング＝プオは一瞬笑みを浮かべ、マイ・ティ＝ショウに向きなおった。

「あなたがクルーとともに故郷にもどりたいなら、反論はない」やんわりと語りかける。「報告することがたくさんあるだろう。あなたは任務をはたした。心配はいらない……カルタン種族の利害にはすこしも抵触していない。カルタン人にとって、モトの真珠は価値を持たないどころか危険でもある。これのために、カラポン人ばかりかほかの諸種族も敵対行動を起こしかねないからだ。物体をアルドゥスタアルから持ち去る手助けをしたのは、ほんとうに正解だった。ギャラクティカーのもとにあれば安心だ。カルタン人に危険が迫ることがあれば、モトの真珠をもたらしたのはカルタン人だったことを、サヤアロンの人々も思いだすだろう。高位女性たちに伝えるがいい。あなたたちを非難する者はいないはず。ダオ・リン＝ヘイとわたしは、新しいカルタンには属さない。われわれはサヤアロンに帰属する。《マーラ・ダオ》を去るつもりだ。われわれが《ペルセウス》にうつりしだい、帰還命令を出すがいい」

ダオ・リン＝ヘイは、意外そうにゲ・リアング＝プオを見つめた。

〈強くなったものだ〉

〈あとで説明します〉ゲ・リアング＝プオは応じ、有声でいいそえる。「では、行きましょう！」

マイ・ティ＝ショウは、ふたりのあとにつづく。おちついて、心のバランスがとれたようすだ。多数のカルタン人とともにエアロックまでくると、非難することなく友好的に別れを告げた。

「モトの真珠がペリー・ローダンにとどくよう、はからってください」とマイ・ティ＝ショウ。

ダオ・リン＝ヘイとゲ・リアング＝プオは《マーラ・ダオ》を去り、《ペルセウス》に乗船した。

「ギャラクティカーのところにとどまるというのは、ほんとうか？」ダオ・リン＝ヘイが考えながらたずねた。

「そうです」ゲ・リアング＝プオは短く応じる。

「なぜだ？」

「カルタンで、わたしにできることはないでしょう？　もう知人もいません。だれかがわたしの能力のことを知ったら、檻《おり》に入った動物と変わらない絶望の一生を送る覚悟がいります。アルドゥスタアルで起きている出来ごとには、いやになる。ですが、自分になにかを変化させられると錯覚するほど思いあがってはいません。それに、同胞の福利のために自由を犠牲にする必要もないでしょう。残存する問題には、カルタン人自身で対処すればいい」

「ダオ・リン＝ヘイ！」ジュリアン・ティフラーが弾《はじ》かれたように立ちあがり、茫然とカルタン人を見た。額にしわをよせ、「《マーラ・ダオ》は数分後にアルドゥスタアルに向けてスタートすると、たったいまマイ・ティ＝ショウから連絡が入った。アミモツオをとりにきたのか？」

「だとしたら、わたすか？」

「ノー！」

「そうだろう！　宇宙船の指揮官であるあなたに訊きたい。わたしが船内にのこってもいいか？」

「もちろんだ！」

「では、ゲ・リアング＝プオは？」

「当然オッケーだ。だが、充分に熟考したのか？　カルタンにもどるチャンスができるまで、そうとう長い時間がかかるかもしれない」

「わかっている」とダオ・リン＝ヘイ。

彼女はアミモツオをさししめす。

「なんらかの反応、あったのか？」

ティフラーはかぶりを振る。

ダオ・リン＝ヘイは装置の前に腰をおろし、

「ここでうろうろするよりほかに、することはいくらでもあるだろう」という。「アミモツオに変化があれば、すぐに知らせる」

テラナーは一瞬ためらったのち、アムリンガルの時の石板のアブストラクト・メモリーを、ダオ・リン＝ヘイに観察してもらうことに決めた。

彼女ならなにひとつ見落とさないと確信できた。

このタスクをはたせる者は、もちろんほかにもいるだろう。だが、ダオ・リン＝ヘイにたのめるなら、なによりだ。アミモツオのことをどこのだれよりもよく知っているし、専門知識もある。しかもそれ以上のメリットは、謎の物体について明らかに特殊な感覚を身につけたらしいことだ。

ダオ・リン＝ヘイがここにのこることにしたのは、アミモツオとはなればなれになるのが耐えられないからではないか。ティフラーはそんな疑念すらいだいた。

ゲ・リアング＝プオについては、イルミナ・コチストワとその手腕に魅了されたことがわかっていた。ニッキ・フリッケルが運びこまれてからというもの、ゲ・リアング＝プオは医療部に入りびたりになっている……患者が全快するまでにはまだしばらくかかりそうだが。

カルタン種族はその昔、プシ能力の広範囲にわたる分野に長《た》けていたが、ゲ・リアング＝プオが歩んだのは純粋に軍人としてのキャリアだった。そこへ、高位女性からタルカン宇宙への遠征隊におけるカルタン人小部隊の指揮官として送りこまれたのだ。そのため、おのれの能力の治癒的かつポジティヴな側面を徹底的に研究する機会などまったくなかった。

イルミナ・コチストワとフェルマー・ロイドによると、この分野におけるゲ・リアング＝プオの才能はそうとうなものらしい。

そうしたもろもろの理由から、この二名のカルタン人が《ペルセウス》にのこる決心をしたのは、ティフラーにとってなによりもうれしいことだった。

かれらにふさわしいキャビンを用意させてから、自室キャビンに向かう。ニア・セレグリスもちょうど短い休憩に入るところだとわかり、顔をほころばせた。

「おなか、すいてる?」彼女が訊いた。

「狼みたいにぺこぺこだ」といいながら目をさする。「モトの真珠って魅力的だけど、つきあいが悪いんだ。変わったことはあったか?」

食事を待つあいだ、ニア・セレグリスは報告する。

シラⅦでは、いまもなお捜索隊が活動中だった。ステーションは広大だ。なにを探せばいいのか、ナックから具体的なヒントがなかったため、各空間をしらみつぶしに調査するほかない。

まずは重要性の高い空間……司令センター、研究ラボ、通信ステーション、科学者たちの居住セクターそのほか重要な情報があると推測される場所はことごとくあたった。いまはクルーの居住セクターを捜索中。念のため、まだ存在するほかのふたつのステーションも調べた。

成果と呼ぶのがためらわれるほど、さんざんな結果だった。

シラ・ステーションはずっと前に放棄されていた。職員は機器類をすべて持ち去ったのちにステーションを爆破した。《ペルセウス》はすでに一度ここを訪れ、情報を探したが成果はなかった。今回もなにも見つからない……記録もなければメッセージもない。職員はどこに避難したのか、なぜステーションを爆破する必要を感じたのか、といったことへの示唆もない。

そのあとにだれかが訪れた形跡も、見つからなかった。ティフラーと同行者たちが最初にきたときにのこしていったわずかななごりのほかは。

罠は存在しない。

とくに、期待の持てそうな〝再生の場所〟〝浄化〟〝問題解決〟といったものに通じそうな痕跡は、見られない。

「あれ、嘘だったのよ」ニア・セレグリスはいい、自動供給装置からふたり分の食事を受けとった。「なぜかはわからないけれど。それに、そのことで頭を悩ませてもあまり意味がないような気がする。ナックの考えなんて、探れないでしょ？　とにかく、シラⅦという示唆はごまかしだわ。この作戦は打ち切るべきよ」

「そうすることになる」ティフラーが応じる。「アノリーがなにかいってきたら」

「アノリーにしても、シラⅦにしても……時間の浪費だわ！」

ティフラーは驚いて相手を見た。これほどいらだったはげしい態度をとることはめったにないのに。

「どうかしたのか？」怪訝そうにたずねる。

ニア・セレグリスは身を引きしめて深く呼吸し、

「なんかいやな気持ちなの」と、小声でいった。「すごくおちつかなくて……ティフ、ねえ、ふつうの方法でも銀河系に入れるって、もうわかってるわ。なぜ実験する必要があるの？　フェニックスに宙航しましょうよ」

「《ソロン》が破壊された理由を忘れたようだな。きみのいう銀河系への道は、困難が多く危険だ。アノリーたちに、ペルセウス・ブラックホールとのつながりをつくることが……」

「できなかったら？」

「つながり自体は存在する。ブロックされているが、それは変えられる。デグルウムが自信たっぷりにそういっていただろう」

「ならば、せめて《カシオペア》をフェニックスに送りだして、情報を持ってきてもらいましょう」

「だめだ。ここでうまくいけば、《カシオペア》がもどってくるより早くスタートすることになる。そうなったとき時間を失いたくない」

まだいくらでも反論が出てきそうなのが見てとれた。基本的に彼女のいいぶんが正しいこともわかっている。

たとえブラックホール経由で銀河系にたどり着いたとしても、もはやなにかを変えることはできまい。

《ソロン》やそのほかの宇宙船が破壊されるのを防ぐには、遅すぎる。

友のだれかを救助するには、遅すぎる。

プレートを押しやる。食欲はふいに失せた。

「ごめんなさい」とニア・セレグリス。「そんなつもりじゃなかったの」

ティフラーは笑みを……強いるように浮かべた。

「みな神経が高ぶっているようだ」と、小声でいった。「司令室に行く」

6

どれほど長い時間をアミモツオのために費やしたかということにジュリアン・ティフラーが気づいたのは、かなりあとになってからだった。何日もかけてエルンスト・エラートの記録にとりくみ、ヒントを探し、新しいファイルを開く努力をしてきた。そろそろほかのことに目を向けるときではないか。

ダオ・リン＝ヘイがときどき休息を入れるように気をつけてやらなければ。忘れてはいけない。彼女はこうしたことにのめりこんでしまうタイプだから。

しかし、司令室に足を踏み入れたとたん、そのことを忘れた。奇妙に張りつめた空気に気づいたからだ。

「探知したものがあります」ボルダー・ダーンが珍しく簡潔にいった。

ティフラーは額にしわをよせ、

「もっと詳細に説明できないのか？」とたずねた。相手にそれ以上説明するようすが見られなかったからだ。

「できません」ダーンは肩をすくめた。「亡霊なのか……見当がつかないんですけど」

「いつだ？」

「たったいまです。報告しようとしたところでした」

「見せてもらおう！」とティフラー。

しかし、見るべきものはなかった。質量探知機がシラ・ステーション附近になにかを探知したが、適合するものがそこにないというだけ。

なにもないのだ。完全に。

「シラⅦから《ペルセウス》へ」だれかの声が聞こえてきた。「やっかいなものをひろいあげたのではないか？」

「もっと明瞭にいってください！」捜索隊との通信を担当する若いアコン人が応じる。

シラグサ・ポイントは、銀河系のへりから三十万光年はなれた空虚空間のまんなかにある。ここで困難が生じるとはだれも考えていない。ここでの勤務を、休養に利用する程度なのだ。

最初のうちは、ステーションでの探しものに打ちこむ乗員も多かった。なんといっても気分転換になる。もっとも《ペルセウス》船内でこのところ気分転換がなかったわけではない……だが、この件についてはまったく危険がなく、楽しめる要素もあった。もちろんクルーの大部分は、フェニックスで過ごす休暇ならはるかに快適なのにと思っただろうが、あたえられたものに甘んずる習慣がついている。

やっかいごとがあるとは予期していないため、ほとんどのステーションは少人数しか配置されていない。経験が浅くまだ学ぶことの多い乗員もいて、シラ捜索隊からの交信を受ける若いアコン人もそのひとりだ。リスクを冒さずに経験を積めるレアな機会と考えられていた。

「《ペルセウス》からシラへ！」アコン人は、かなりいらだった声でくりかえす。「最後の発言を説明してください！」

「からかってるのか、え？」さっきと同じ声が質問してきた。「ここでの探しものがそれほど愉快とは思わないでくれ！」

「理解できません……」

「こちらティフラー。シラⅦ、なにがあった？」

若いアコン人はぎょっとしてティフラーに目を向ける。ステーションから息をのむ音が聞こえてきた。

「あらたな捜索隊をこちらに送りだして、われわれに連絡するのを忘れたんですか？」

同じ声が質問してきた。

「ちょっと待て！」

ティフラーは、ボルダー・ダーンに目で問いかけた。ダーンはかぶりを振る。

「《カシオペア》と、あとのふたつのステーションに問い合わせてくれ」ティフラーが命じる。しだいにいやな予感が心の内にひろがっていく。「シラⅦへ……きみの名は？なにがあった？」

「ゾンターです。同僚二名とともにステーションの司令センターにいます……勝手にそう呼んでいるだけですが。ここから各グループにコンタクトしていて、すでにふたつエラー・メッセージがあったんです」

「どういうエラー・メッセージだ？　おい、だれかいいかげんに映像をつないでくれ」

ボルダー・ダーンが渋面で合図すると、アコン人の若者はあわてて場所をあけた。ティフラーが腰をおろす。すぐにシラⅦの司令センターがうつしだされた……もう何百年も前から司令センターとは呼べそうにない空間。機能する数基の装置類は《ペルセウス》からの持ちだし……あとはすべて廃物同様だ。

「仲間のものではない捜索隊を二隊、探知しました」ゾンターはつとめて淡々と語る。「つまり、これまでほかにもエラー・メッセージがあったけれど気づかなかった可能性がおおいにあります。われわれの注意がひかれたのも、二隊がほかのグループに出会ってしかるべきなのに、出会わなかったからなので」

「データを転送してくれ……こちらで精査する」ティフラーが命じる。

ボルダー・ダーンに問いかけのまなざしを向ける。相手はかぶりを振った。

「なにもありません」とダーン。「シラⅦには、ゾンターとかれの同僚の知らない者は存在しません」

シントロニクスのデータ分析によると、エラー・メッセージはこの二回だけ……もうひとつは、ゾンターと仲間たちのまだ知らない、ハイパー探知機の完全に理不尽な反応だった。

シラⅦのすぐそばに強いエネルギー源があるのが、まったく瞬間的に探知された。エネルギー源は、なんの前触れもなくいきなりステーションの真横にあらわれ、すぐに跡形もなく消滅した。これらはすべて、該当する探知機の誤作動と評価され、探知機はその直後に故障して動かなくなった。

完全に故障する前の機能障害……という診断は非常に明瞭に思われた。個々の装置の監視およびコーディネートをつかさどる自動装置は、技術の不備によるつまらないケースと結論を出した。故障した装置はとりはずされ、探知機能に生じた隙間はべつの方法で補充された。

この一件についての報告は作成されなかった。

「シラⅦに、これまでわれわれの気づかなかったものがあるのかもしれません」ボルダー・ダーンは深く考えながらいった。「一捜索隊が、気づかずに遭遇したとか」

「それで、いわば覚醒させたと？」

ティフラーは熟慮する。

「全探知機の記録をチェックしてほしい」やがて、かれはいった。「それと、われわれがブラックホールを出てから受信したものもすべて。どことなく違和感のあるサウンドは、すべてはじきだすこと」

ボルダー・ダーンはとくに乗り気には見えなかったが、それでも適切な指示を出すことにする。

「仲間を数名連れてそちらに行く」ティフラーは、シラⅦにいるゾンターに向きなおった。「入ってくるエラー・メッセージに注意すること。だが、いまのところ行動はひかえてくれ」

「作業療法は、なしですか?」ゾンターが意外そうに訊く。

「なしだ」とティフラー。「そんなものではない」

*

「もう一度よく考えたほうがいいわ」イルミナ・コチストワがカルタン人にいった。「疲れてやつれているじゃない。それに、あそこはそうとう荒廃しているみたい。シラⅦのような捨て去られたステーションに行けば、思考する生物ならだれでも滅入るかもしれない。あなたは避けたほうがいいと思う」

「第一に、わたしはもっとひどいものをたくさん見てきた」ゲ・リアング＝プオが応じる。「第二に、わたしはカルタン人だ。カルタン人は狩りを好む。気分転換になるだろう」

イルミナ・コチストワは、この知識を頭に入れた。

サラアム・シインの悲劇の事故との関連で、ゲ・リアング＝プオとはじめて近しくなったのだ。イルミナは、オファラーの治癒に貢献し、〝歌う〟能力をとりもどしてほしくて手をつくした。ゲ・リアング＝プオは彼女なりのやりかたで、気持ちをしずめて補完する効果をもたらそうとつとめた。この方法で、ふたりの短期間の協働が成立した。《ナルガ・サント》の住民たちの救助作業のために、ゲ・リアング＝プオがダオ・リン＝ヘイに合流したとき、イルミナ・コチストワは残念に思った。

重傷を負ったニッキ・フリッケルの横に立つゲ・リアング＝プオを目にしたとき、イルミナはすばやくチャンスを利用することに決め、躊躇なく治療に協力してもらった……おかげでニッキ・フリッケルはすみやかに快復に向かった。

イルミナはそれ以来、カルタン人が《ペルセウス》になじみ、ギャラクティカーたちとの共同生活に慣れるように、機会があればかたっぱしから利用した。

かつてカルタン人は、だいたいいつも《ハーモニー》船内にオファラーとともにいたので、ギャラクティカーと直接接触する機会はほとんどなかった。当時の三角座銀河出身のネコ型種族は、時間跳躍後もなお同胞の利害のみを追い、ギャラクティカーについてはたまたま運命をともにした生物に対するしかたなしの誠実さを感じているにすぎないと考えられていた。ダオ・リン＝ヘイは、そうした先入観をさらにかきたてようときっぱり心に決めているかに思われた。なにしろ、ことあるごとにカルタンに飛行するようもとめるのだから。

こうした状況だったので、カルタン人が実際に立ち去ったときに心からショックを受けた者はなかった。

《マーラ・ダオ》に関していえば、マイ・ティ＝ショウと乗員たちをどう受けとめるべきか、だれにもわからなかった……かれらの態度は傲慢といえるほどつんとして、ギャラクティカーの問題なんてどうでもいいと思っていることをかくそうともしないのだ。

同時に、ダオ・リン＝ヘイ、ゲ・リアング＝プオと、新時代のカルタン人たちとのあいだに摩擦があることも、見てとれた。ふたりの態度から、カルタン種族との結びつきはかつてのように絶対的なものではなくなっているといえるほどだった。

それでもなお、ゲ・リアング＝プオの告白はイルミナ・コチストワにとって驚きだった。

「カルタンに帰らないことにした」

彼女が決心したのは、まだだれも《マーラ・ダオ》の帰郷のことを正式には口にしていないときだった。

相手は自分になにを期待しているのか。イルミナは自問してみる。

「《ペルセウス》はいつでもあなたを歓迎するわ」やがてイルミナはいった。そのとおりにしようとかたく心に決めて。

ゲ・リアング＝プオは、おちついて真剣に相手の気持ちを理解した。だが、なにも訊かず、それきりこのテーマに触れることはなかった。それからも生来のプシ能力を……パラ露なしで……訓練し、強化することに集中した。その上達ぶりは目を見張るほどで、イルミナはネコ型種族の教え子のポジティヴなようすを注意深く見守った。ギャラクティカーのミュータントたちの密接によりそう小グループに、思いがけずくわわった新メンバーを誇らしく思った。

彼女にシラⅦに行きたいといわれて反対したのも、そうした理由があったからだ。だが、ゲ・リアング＝プオは、だれかの後見を必要とする生物ではない。中年くらいのカルタン人で、経験豊富な歴戦の勇士なのだ。

「行かせてやろう」とフェルマー・ロイド。「悪い予感と格闘しているようだ。きみのことを心配して、守りたいと思っている。さまたげれば、自力で道を拓いて無用な問題をしょいこむだけだろう」

「予感って、なにかしら？」イルミナ・コチストワは懐疑的だ。

「それがわかれば、自分できみにいうだろう」テレパスが説明する。

かれはイルミナを観察し、額にしわをよせて腹だたしげにいいそえた。

「細胞活性装置を身につけてくれ。きみが装置なしで亡霊狩りに出かければ、自分の命をもてあそび、われわれの神経をすり減らすことになる！」

「わたしの命です！」イルミナ・コチストワは、むっとして語気を強める。「わたし、ちゃんとコントロールできてます。それに、わたし以外のだれにも関係ありません！」

フェルマー・ロイドは相手のはげしい反応に驚いたが、すぐに自制した。

「昔からの友にもっともな心配をされただけで、ほんとうに頭にくるよね？」と、皮肉っぽく指摘する。

イルミナ・コチストワは、はっとして相手を見た。

それでもなお、細胞活性装置を身につけなかった。

＊

かつてのシラⅦの司令センターは密閉され、空気で満たされていた。空間全体が照明でまんべんなく照らされるというメリットがある……ただし、そのおかげで空間のひどいありさまが前よりはっきり見えるというデメリットもあるが。

「一度はここで、次があそこでした」ゾンターはシラⅦステーションのマップにマークされたふたつの点をさししめす。「二カ所とも確認しましたが……なにも、残放射すらありませんでした。装置に問題があるんでしょうか?」

「複数の機能障害が、いっぺんに? ありえない」

ティフラーは、べつのふたつの点を表示させる……質量検知機がなにかを検知した場所と、故障したハイパー探知機がエネルギー源を見つけた場所だ。

「これだけでは、パターンを認識できない」かれはいった。

「捜索隊を引きあげる……だが、目だたないようにゆっくりと。亡霊に気づかれないよう気をつけてくれ。ヘルメットは閉じること。あらゆる武力にかけて、不必要にたやすくかたづけられるのはごめんだ」

「われわれに敵対的かどうか、まだわかりません」とゾンター。「性別もまだ、なんとも」

「幽霊のようにあらわれては消え、姿をかくしている」ティフラーはそっけなくいいかえす。「やましいところがなければ、その必要はあるまい。さあ、とりかかってくれ!」

フェルマー・ロイドのほうに振り向く。

テレパスとゲ・リアング=プオはハッチのそばにならんで立ち、未知のインパルスに聞き耳を立てている。

「感じとれない」とロイド。「なにもない」

ジュリアン・ティフラーはうなずく。

盗聴装置がないかどうか、司令センター内を徹底的に調査する。なにも見つからなかった。

ステーション内では、二十以上の捜索隊が活動中だ。各隊は十名から二十名のギャラクティカーで構成され、それぞれ特定セクターをくまなく捜索する。

死に絶えたステーションになんらかの危険があるとは、だれも本気で考えなかったので、グループの個々のメンバーはとくにコード化せずに交信していた。これまでなにごとも起こらず、時間に遅れた者もいない。

全グループは徐々に司令センターに呼びだされ、やがて《ペルセウス》と《カシオペア》に送りもどされた。

ステーションでは、多くのものが健全な状態ではなくなっているため、部分的または完全に破壊されたセクターの周縁部に方位探測装置を設置した。ステーションの測定と各捜索セクターの分配およびコントロールをはたしていたものだ。これもとりはずされた。

活動のこの部分がすむと、シラVIIは数百年前からずっとあった状態にもどった。捨て去られてからっぽの、エネルギー的に死滅した状態だ。

あとは、待つ以外にすることはない。

探知機が警報を発したのは、一時間近くたってからだった。ステーションの上部ポール付近の通廊にエネルギー源があらわれたのだ。エコーの強さから、セランから出ているのかと思ってしまうくらい。百五十名のギャラクティカーがステーションを徘徊していたときには見落としてもおかしくないほど、かすかな現象だった。しかも、多数の捜索隊の各メンバーと司令センターのあいだに継続的な接続がなかったのだから、なおさらだ。

「いいかえるなら、亡霊は何日も前からそのへんをうろついていたのかも。われわれが気づかなかっただけで」ティフラーがいう。「なんの危険もないとたかをくくっていたときに」

「心配はいらない！」とラス・ツバイ。平然としている。「つかまえてやる」

いい終わると同時に、かれはテレポーテーションした。

数秒でもどってきた……残念ながら〝亡霊〟はいっしょではない。司令センターのまんなかに実体化して一瞬ふらっとしたが、すぐに状況をつかんだセランに助けられて直立した。

「なにがあった？」ティフラーが気づかわしげに訊く。

「それが、よくわからない」ツバイが応じる。声の響きだけで、疲労困憊《こんぱい》ぶりが察せられた。

疲労？　なんのせいで？　ティフラーはとっさに疑問をいだく。

もどかしい思いで待つ。セランが必要な薬剤を供給したが、テレポーターが効きめを感じるまでにしばらくかかった……この一件はけっして無害ではないことを物語っていた。

「吸引力。ものすごい力だった」しばらくして、とうとうツバイは語りはじめた。「あんなものを身に受けたのははじめてだ。抜けようとしても抜けられなくて、最後の瞬間になんとかテレポーテーションできた」

「最後の瞬間？」ティフラーがたずねる。「もしまにあわなかったら、どうなったと思う？」

「そんなこと、考えたくもない」とラス・ツバイ。ささやき声だ。

ティフラーは相手を観察してから、ゾンターのグループに属するギャラクティカー二名に向かい、

「《ペルセウス》までかれに同行してくれ！」と命じた。

「いや、ここにいる」とツバイ。「いまはからだがまいっているが、だいじょうぶだ。二、三分すれば……」

そのとき、シュー ッと音がして、フォリオや軽い物体が室内を吹っ飛んだ。照明のは

なつ光がちぢまり、瞬間的に細い円錐形に収束する。そのあと、いくつかの明るいしみが司令センターの壁に見えた。

全員が無言で真空空間に立ちつくす。一瞬、足もとに振動が感じられた……大男が歩いたあとの機械的な残響にも思われる。だが、このような振動を起こすとすれば、よほど特殊な足としか考えられない……それが足であったのなら、だが。

「探知はありません」ゾンターが小声で告げる。「まるで幽霊のようだ！」

「実際そのようだ」ティフラーの冷静な声。「われわれになにかをもとめている。しかも、速い……ものすごく速い。フェルマー……」

「残念ながら、なにも感じない」テレパスが応じる。

そのまま、待つ。

ふいにゲ・リアング＝プオが口を切る。

「主ハッチの外だ」

探知機に目を据えていたティフラーが、さっと振り向く。頭を動かすあいだに、モニターの表示がぱっと光るのが目に入った。

フェルマー・ロイドとイルミナ・コチストワが、それぞれ左右のハッチに向かう。未知者をはさみうちする意図だ。ラス・ツバイはテレパスを追う。

「ラス、きみはここにのこれ」ティフラーが鋭く命じる。

「ばかな」テレポーターがうなり声を漏らす。「なかにいたって、外より安全とはいえまい」

ティフラーは答えない。ゾンターとかれのグループ・メンバーが発射準備のできた武器をかまえて左右のハッチを守っているのが目に入った。この状況で亡霊が主ハッチから堂々入場すると考える者は、ゲ・リアング＝プオのほかにはいないらしい。

カルタン人の横に歩みよる。妙に現実とは思えない瞬間、知らずに悪夢のなかに入りこんだように感じた。

亡霊を狩るためにシラⅦにやってきたのに、逆のことが起きている。こちらが亡霊に狩られているのだ。

一瞬、それが見えた気がした。主ハッチの横の壁の裂け目に、火のような指をさしこんできたのだ。指はくねっと曲がり、薄紙であるかのように壁を破っていく。

ティフラーは武器をかまえた。

そのときだ。床が引っ張られているのがわかった。

「そっちに行くぞ！」ゲ・リアング＝プオが息音まじりにいった。「幻覚だ……現実ではない！」

ゾンターと仲間たちは、司令センターの中央に集まって発射しはじめた……敵の姿は見えないのだから、完全に無意味な行為だ。ビームで壁に穴をうがちながら悲鳴をあげている。

フェルマー・ロイドとイルミナ・コチストワの姿がない。ラス・ツバイは、騒ぎのあいだにもどったのだろう。ティフラーは閉じたままの主ハッチの前に立った。周囲の壁は穴だらけで、エメンタールチーズさながらだ。

ほんとうにそうだ。壁は黄色だし、チーズのにおいまでしてきた。

なぜ、においがする？　真空の空間でヘルメットを閉じているのに。

印象はふっと消え、いだいた疑問は忘れた。

「あっちは強い！」ゲ・リアング＝プオが驚愕して叫ぶ。「イルミナ……」

いい終わらないうちに、跳ねて見えなくなった。

みんな、発狂したのか？　ジュリアン・ティフラーはショックを受けた。シューッというかすかな音が聞こえてきた……セランがようやく着用者の安全のために活動しだしたらしい。

それとも、ヘルメットから漏れる息の音か？

とてつもなく重いものが上からのしかかってくる感じがした。床におしつけられて息ができない。目の前で火花が散っている。

ひっくりかえったカブトムシのように、床に背をくっつけたまま動けない。

カブトムシ！

一本の針がおりてきた。上方に箱があって、針に刺されたカブトムシが整然とならんでいる。最下段にからっぽのスペースがある。

箱の底にプレートがついていた。

ジュリアン・ティフラー
NGZ一一四四年七月二十三日
シラⅦ

徐々に強まる麻痺感に、驚愕は弱まっていく。

いつの日か狂気の昆虫コレクターの餌食《えじき》になるとは、夢にすら予期しなかった。かれは無気力にそう考えていた。

＊

フェルマー・ロイドは敵を感じとった。

亡霊は……ほかに呼びようがあるまい？……すこしならかくれんぼをやめてだいじょうぶと考えたらしい。敵は見えないが、どこにいるか、テレパスにはわかっている。あと数歩で角のところに行きつく。そうしたら、見ることになる。

だが、見たいと思っているかどうか、自分でもわからない。受けとったインパルスは異質だった。いや、それではいいたりない……徹底的に異質なのだから。既知のどの生物も連想できない。たったひとつだけ、認識し、解釈できた感情がある……すくなくとも、自分には〝認識できた〟と思えるもの。

それは、欲望。

ほかのいっさいの感情から解きはなされた、むきだしの欲望。

クモの巣のなかのクモのように。そう考えて、すぐに打ち消す。クモなら、この状況にあればすくなくとも空腹を感じるはずだから。

亡霊の場合、そうではない。

貪欲だが、空腹ではない。

角のところまできた。だが、なにも見えない。通廊は真っ暗で、かれの投光器のはなつ光のしみが、床、天井、壁を移動する。だが、不可視の光の筋に入ってきてもよさそうな、なんらかの動くものはない。

通廊にはなにもいないのだ。

「待って！」イルミナ・コチストワの声が通信装置から聞こえてきた。「その先には行かないで！」

「ここにはなにもない」ロイドはすっかりおちついて、さらに一歩進む。「だまされてるわ。幻影を見せられているのよ。待って、われわれが追いつくまで。いっしょに力を合わせればなんとかなるかも」

「ここにはなにもいない」フェルマー・ロイドはくりかえし、通廊をさらに進んでいく。

「なんてこと、フェルマー……」

「ここにはなにもいない」

もう一歩踏みだす……そのときだ。むきだしの電気回路にあたったような気がした。存在が感じられる……

相手を定義できないが、貪欲だけからなるように思われる……非人間的で冷酷、抽象的に無感情な貪欲。フェルマー・ロイドからなにかをほしがっている。〝いますぐ〟〝この場で〟、いかなる物にも、生物にも、おそらくはおのれにすら配慮せずに。

それは声を持たない。フェルマー・ロイドがテレパシー・ベースで感じとれる声すら持たない。引きよせず、命じず、いらだちも感じられない。貪欲のみからなる釣り針にテレパスを引っかけ、空腹もなく急ぐこともなく、自分のほうに引きよせる。好奇心すら持たない。すくなくとも、フェルマー・ロイドには好奇心のかけらも感じられない。

だが、もちろんなんの意味もない。不可視の未知のものから、ほかに感情の動きはいっさい感じないのだから。

〈こいつはわたしを殺そうとしている〉

ふいに、脳内に思考が生じた……冷酷かつ冷静な評価。

まさにそのせいで、部分的とはいえ自制をとりもどした。あまりにも冷酷で、あまりにも冷静だったから。

〈不安は感じない〉

これは、自分の思考なのか？

〈なにかが不可避だと判明すれば、不安という感情は時間の浪費以外のなにものでもない〉

「ちがう！」

〈叫び声を発したのは自分なのか、わからない。だが、不安をいだくべきだということは、わかっている〉不安という感情は必須だ。おのれを守り、戦う力をあたえてくれるのは、不安しかない。

熟慮によって、長いあいだ閉ざされていた水門が開いたように、ふいに不安が襲ってきた。

まるで奔流のように。

はげしく絶望的な死の不安。からだが痙攣《けいれん》し、耐えがたい苦痛が神経の隅々まで行きわたった。叫び声をあげる。いや、叫んだと思っただけか。冷酷かつ無感情な貪欲からなる釣り針と戦う。粘着トフップさながらに、釣り針に捕らえられて動けない。不安に、猛烈な怒りがくわわる。死にものぐるいの自衛に、相手がなにも感じないからだ。

〈むだな努力だ。自分にはどうにもできない〉

〝戦いつづけろ！〟

命令は、かれのいまある孤立した死のゾーンを貫通した。かれは抵抗し、とうとう反応が感じられた。

かすかな無理解と驚き。それから困惑。わずかな怒り、というより、いらだちか。ふいに起こった恐怖。

ゴム製ザイルにつながれている感覚がある。ゴムがしだいに強く張るように引きよせられる感覚。繊細な繊維が切れるぶーん、かちかち、ぱきっといった物音が実際に聞こえ、自分はどうなるのかと不安をおぼえた。

〈〝わたし〟に抵抗するな。バカもの！〉

驚きのあまり、抵抗をやめた……次の瞬間、捕らえられていたザイルがぶつっと切れた。永遠のなかへ投げ飛ばされる感覚。もはや痛みも不安も感じない。大きな虚無がとってかわった。そして、周囲は暗闇となった。

7

ジュリアン・ティフラーは慎重にまぶたをぱちぱちさせた。気味の悪い昆虫標本箱は消え、針も見えない。壁を貫く火のような指もなくなっていた。

狂気の夢は消え、現実がもどったらしい。

ゆっくりとからだを起こす。セランが補助してくれるのがありがたかった。膝にプリンが詰まっているような感じがしたから。

ゾンターと仲間たちも床に転がっており、からだを動かしはじめたところだ。ラス・ツバイは主ハッチを開いたらしく、外の通廊でうずくまり、両腕をゆっくりと前後に動かしている。からだのバランスをとっているのだろうか。

フェルマー・ロイド、イルミナ・コチストワ、ゲ・リアング゠プオの姿はない。


「《ペルセウス》へ、応答を！」

「こちら《ペルセウス》」

ボルダー・ダーンの声が響く。なにごともなかったような、通常の交信だ。

「救援隊を送ってくれ！」ティフラーが鋭い声で命じる。「即刻！」

「耳は聞こえてます！」ボルダー・ダーンは、すこしむっとしていいかえす。

「即刻といっただろう！」ティフラーは激怒して声を荒らげた。それだけでも、ただごとではない。かれはふだんなら、どなりつけたりしないからだ。ボルダー・ダーンも気がついた。

「救援隊は向かっています」瞬間的に声を落として報告する。だが、すぐに露骨な好奇心が声に反映する。「なにがあったんです？」

「ここであったこと、気づかなかったのか？」

「はい。なにがあったんです？」

ティフラーは答えずに横のハッチを通って司令センターを出ていった。からだがふらふらする。耳鳴りと頭痛があり、舌がざらざらした。

「わたしの身になにがあった？」と、ピコシントロンにたずねる。

返事がくるまで、いつになく長くかかった。

「麻酔をかけられました」ピコシントロンがやっと説明する。

「なにによって？」

「麻酔剤です」

「亡霊なのか？」

「ちがいます」

ジュリアン・ティフラーは、すばやく息を吸いこむ。

「つまり、わたしに悪魔薬を投与したのは、きみなのか？」狼狽《ろうばい》してたずねる。

「わかりません」

「またしても、どういうことだ？」

「問題のタイムスパンに、機能障害があったことが判明したので」

つまり、亡霊のしわざというわけだ。直接的ではないとしても。相手はどうやらひと癖ありそうだ。いや、ふた癖か。

ティフラーは自分の子供じみた笑い声を耳にして、驚いて歯をくいしばった。

「緩和剤に対する軽度の過剰反応です」ピコシントロンが自発的に説明する。

よい兆候ではない。ティフラーはすばやく結論を出す。目下のところ……医学的観点から……自分はまだ出動できる状態ではない。だが、ミュータント三名を見つけなければならないという事実に変わりはない。

話し声が聞こえてきた……活動中の救援隊だ。だが、心配はあまり変わらない。フェルマー・ロイド、イルミナ・コチストワ、ゲ・リアング＝プオの名を呼んでも、返事はない。最悪の事態が危惧された。

ピコシントロンに道をしめされて、角を曲がる。シラⅦの真空の通廊を投光器で照らすと、セランにつつまれた三つの姿が床にころがっていた。

フェルマー・ロイドとイルミナ・コチストワは、意識はないが、生きている。

ゲ・リアング＝プオは死んでいた。

なにがあったのか、まだだれにもわからない。亡霊とミュータント三名の戦いのあった通廊を調査した……もっとも、戦いといえるかどうかは不明……だが、謎の敵についてはなにもわからなかった。なにひとつ痕跡がないのだ。事実、なにかがそこに存在したのかどうかさえ確言はできない。

ミュータントが《ペルセウス》に運ばれると、そこから武装したギャラクティカーたちがやってきた。ステーションに群がるようにして、隅々まで不気味な敵を探す。

いまやかれらの探すのは、実際の外見もなりたちもわからない曖昧な痕跡ではない。異生物という明白な目標がある。そのちがいは大きい。

それでも、なにも見つからなかった。探知装置も、もはやなにもしめさない。

亡霊は、逃亡したのだろうか。

ラス・ツバイの快復は早かったが、フェルマー・ロイドはかなり長くかかった。イルミナ・コチストワの容態は深刻ではないとはいえ、いまだに意識をとりもどしていない。

「亡霊が逃げたのは、彼女のおかげだ」報告可能な状態になると、フェルマー・ロイドは説明した。「イルミナが未知者を攻撃した。細胞構造を変化させようと試みた。成果があったのか、どこまでできたのかはわからないが、それでも生物を驚愕させた。もっともゲ・リアング＝プオがいなければ、どうにもならなかったはず」

かれはジュリアン・ティフラーを見た。その表情から悲報を読みとり、短く目を閉じた。

「なんとむごい！」小声でつぶやく。

長いこと沈黙してから、いいそえる。

「不気味な生物に金縛りにされたとき、彼女がわたしを解放してくれた。彼女が力をあたえてくれたので、抵抗し、生きるために戦えた」

「では、そいつはほんとうにきみを殺そうとしたのか？」

ロイドは曖昧なしぐさをした。

「わたし、イルミナ、カルタン人、きみやラス……実際、だれでもよかったんじゃないかと思う。われわれからなにかを欲していた。だが、なんなのかはわからない。言葉ではいえないほど異質。そいつの感情は……」

言葉を詰まらせ、かぶりを振る。それからためらいがちに先をつづけた。

「そいつがわれわれのいう感情を持つのか、いまになってもはっきりしない。冷酷、無感情、無慈悲。ヒューマノイドらしいものはなにもない。他方では、この定義がものごとの核をついているのか、確信が持てない。生物の周囲をつつむ……サイコバリアのようなものかもしれない」

「相手が見えたのか？　あるいは、そいつ自身の目にどううつっているか、自我を形成する像を思考から読みとれたのか？」

「いや。相手の思考に触れたとすら思えない……いずれにせよ、言葉の持つほんらいの意味では。すまんな、ティフ。これ以上のことはいえない。ひとつだけ確かなのは、イルミナとゲ・リアングがいなければ、わたしにチャンスはなかった。そいつの鉤に捕らわれて、自力ではどうにもならなかったから」

ジュリアン・ティフラーはなにもいわない。もっと多くを聞けると期待していたから、がっかりしたのだ。

「そいつは危険だ」とフェルマー・ロイド。「いまのところ、やっつける可能性はゼロのようだし、交渉や平和的合意など想像すらできない。そいつを回避するべきだろう。できるだけ距離をとって」

「われわれ、まもなくシラグサ・ポイントをはなれる」ジュリアン・ティフラーが応じる。「シラⅦにおける捜索は打ち切らせる。このように命を危険にさらす意味はない。今後ここにくる生物たちに、シラⅦに入ることを警告するため、宇宙ブイをのこそう」

「シラⅦ？」フェルマー・ロイドが驚いて訊きかえす。「ティフ、この生物のことはほとんどといえるほど知らない。だが、亡霊について、ひとつだけたしかなことがある。

そいつはシラⅦの出身ではないし、そこに住んでいるわけでもない。すこし前にやってきた。それも、われわれのせいで」

ティフラーは額にしわをよせて考える。

「交信シグナルや短いかすかな雑音をふくめて、探知機が探知したものをすべて分析した。ひとつのこらず。だが、外部からやってきたことをしめすものは、かすかな跡すらなかった。ブラックホールから出てきた可能性もない。銀河間の空虚空間を接近してくる宇宙船を見落とすとは、考えにくい」

「わかっている」フェルマー・ロイドはうなずく。「だが、そいつの故郷はここではない。たしかだ」

「そいつが宇宙船を持つなら、われわれは見つける」

「宇宙船を持たなかったら？　宇宙船を必要としない生物だったら？　どうする？」

ジュリアン・ティフラーは、テレパスを凝視し、

「それなら、シラⅦにとどまる必要もあるまい」といいきった。

司令室に接続し、

「当宇宙船と《カシオペア》に完全警戒態勢を敷いてくれ」と命じる。「パラトロン・バリアを作動させること。要注意。船内に侵入者がいる」

「シラⅦに百名以上のクルーが……」

「かれらは帰還させる。一隊ずつセキュリティ・チェックをして入船させる……ひとりひとり、くまなく」

「侵入者を探知しました」シントロニクスが告げた。ボルダー・ダーンがティフラーの命令を確認するより先に。

「どこだ？」ティフラーは弾かれたように立ちあがった。

「下極エアロックのそば……五分前ですが」

「やられた！」ティフラーは毒づいた。「すぐに報告しなかったのは、なぜだ？」

「同セクターのセンサーに短時間、支障があったので……」

「もういい！」ティフラーはうなるようにいった。「いまは、どこにいる？」

答えはシントロニクスではなく、ボルダー・ダーンからきた。

「亡霊、探知しました」沈んだ声で報告する。「盗賊です。ワリンジャーの活性装置を盗んだいまいましい犬。データが一致するので」

「追うんだ！」

「むだです。もういません」

ティフラーは歯を噛みしめ、けんめいに怒りをこらえている。

最初からわかっていたはずなのに。なぜ、自分で思いつかなかった？　なぜ、なにも見えなかった？　なぜほかの仲間も気づかなかった？

これらの疑問に対して、説明はいくらでもある。

まさにほんとうとは思えない旅をしてきた。アノリーの帝国やブラック・スターロードでのさまざまな体験のせいで、ジェフリー・アベル・ワリンジャーの死とそれに付随する出来ごとはみな、思考の背景に引っこんでしまった。そこへ《ソロン》事件だ。ニッキ・フリッケルからペルセウス・ブラックホールの戦いの報告を聞き、ローダンと同行者たちの身の上が案じられた。

それだけではない……盗賊がよりによってここシラグサ・ポイントにあらわれるとは。銀河系のはるか外側にあり、あらゆる銀河間宙航ルートから大きくはずれているのに。

だれにも予測できなかった、信じがたい偶然。

ティフラーは、はっとした。

偶然か？

「ちがう」小声でひとりごちる。「偶然ではあるまい。おそらく、ナックのせい。あのラカルドーンの！」

ブラックホール内にあるステーションでの出来ごとが記憶によみがえる。

関係のある者はみな、あの場にいた。グループにまとまってよりそうように立っているのを、ナックは凝視した……一ナックの外観から判断できるかぎりではあるが。

ナックはかれらを手ぎわよくおびきよせた。みんなナックに乗せられて、ダミーのハエにつられる魚たちさながらによってきた。

シラⅦには秘密はない。ラカルドーンが秘密めかした示唆をしたのは、細胞活性装置をねらう盗賊の潜在的犠牲者をブラックホールからおびきだし、ポイント・シラグサに引きとめておくためにすぎない……つかまえてつなぎとめ、盗賊が到着するまでのあいだ、意味も目的もない捜索をさせるために。

あやうく目的をはたされてしまうところだった。

盗賊は、だれだったのか？

なんだったのか？

ラカルドーンなのか？

だが、ナックが細胞活性装置を持って、どうする？　そもそもナックがなにかに使えるのか？

さまざまな思考を押しのける。どのみち推測にすぎない。

この問題について、真実のすべてを知ることはあるのだろうか。

「警戒態勢、解除」重い気持ちで命じる。

「シラⅦステーションの調査はどうなりますか？」ボルダー・ダーンがたずねた。

「中止だ。シラをはなれて待機ポジションに向かう。アノリーがすぐに連絡してこなければ、催促してやろう」

　ボルダー・ダーンは、ティフラーの言葉にとても満足したらしい。

「やつが逃げたのは変だな」フェルマー・ロイドが考えこんだようすでいった。「さっきいったように……そいつのことは、まったくといっていいほど知らないんだが、それでも任務を途中で投げだしていなくなるとは思わなかった！」

　よりによって謎のこの部分に腹をたてる機会は、ほんとうにないはずなのに。ティフラーは思う。

「いなくなってよかったじゃないか」小声でいった。「わたしとしては、やつにもう一度会う意味があるとは思えない」

　フェルマー・ロイドは反論しない。

　イルミナ・コチストワも、すでに意識をとりもどし、

「亡霊については、なにもわかりません」悲しげだがきっぱりといった。「いっさいなにも」

「だが、やつを狙ったんだろう。フェルマーによると、きみのおかげで逃げだしたそうだ。それなら、なにかしら身体的特徴がつかめたはずだ！」

「そうかしら？」ミュータントは苦しげに冷笑した。

　ティフラーはいらいらとかぶりを振り、

「もう一度思いだしてくれ」とたのむ。「どんな指摘も重要だ。なんでもないと思われ

ることでも、手がかりになるかもしれないんだ」

「いえることは、ありません」イルミナ・コチストワは、こわばった表情で説明する。

「どうした？」とティフラー。「ゲ・リアング＝プオのせいか？　自分も行くといいはったのは、彼女ではないか！」

「わたし、亡霊を分析しませんでした」女ミュータントは、ティフラーの質問を無視していった。「時間もチャンスもなかったから。わたし……パニックになって、やみくもに襲いかかったんです。それだけ。なにか知っていることがあるとすれば、伝えています」

ティフラーは、それ以上質問しないことにした。女テラナーの言葉が嘘ではないとわかったから。

「自分を責める必要はない。さみはできることをしたんだから」

イルミナは答えない。ティフラーは気づかわしげにその顔を見つめた。

「気が滅入っているようだ。細胞活性装置を身につけたほうがいい……元気をとりもどせるだろう」

イルミナは、やはりなにもいわなかった。

8

〝きみはできることをしたんだから！〟

ええ、したわ。イルミナ・コチストワは心に思う。確かにしたわ。

それがまさに心配のもとなのだ。

「疲労ですね」医師がいった。「完全に精神的なものです。休養をとることをおすすめします。ほかに問題はありません」

「ありがとう」イルミナ・コチストワは応じた。

かなりの皮肉をこめた声だが、医師は反応しない。患者の事情は聞かされていたが、ほんとうの問題がなにかは知らないのだ。

イルミナ・コチストワは医療ステーションを出て、医師の提案について思案しはじめた。それだけでも通常ではなかった。

休養をとる、からだをいたわる……彼女にはなじみのない言葉。とくにいまは、休暇なんて考えられない。なにもしないでいると、くよくよ悩むだけ。それはいちばん避けたいこと。

仕事に没頭するほうがいい。せっせと活動して心を麻痺させ、能力の限界まで持っていく……完全な身体的疲労の淵で……すばらしい効きめのあるちいさな薬をのむ。すると眠りはすばやくやってくる。あらゆる夢を超えた深い眠り。

考える時間がない状態。いろんな想い出が知らないうちに意識に忍びこんで平和を乱す時間のない状態。

仕事で気を逸らせて……罪滅ぼしする？

そう、それもある。

彼女はミュータント。その能力は、〝プシ能力〟とひとまとめに呼ばれる概念のなかでもっともレアな部類に属する。ものごとに名前となんらかの所属先をあたえれば、しっくりするから。

彼女は〝メタバイオ変換能力者〟と呼ばれている。理解困難な事象の複雑な概念。かんたんに表現すると、次のようになる。

暗示者が生物の思考や感覚に影響をあたえるように、イルミナ・コチストワは物理的な変化をあたえる。細胞核内にある情報を変化させるのだ。病人の悪化した細胞にとって、彼女の特殊能力は人類の持ちうる能力のなかでもっとも価値のある有益なものといえるだろう。だが、この能力を健康な細胞に使えば、殺害力を持つ武器となる。

諸刃《もろは》の剣ともいえる能力のポジティヴな面だけを使う、と自身に誓ったのはずいぶん前のこと。それは、大きな成果をもたらした。物理的再生の医療テクニックが完璧といえるまでに発達した時代にあっても、イルミナ・コチストワの技術がかけがえのないものとなったケースは、いくつもあった。

その恩恵にあずかった生物みんなにとって大きなチャンスであり、彼女自身も満足感をおぼえた。

それは、償いでもあった……いまも、なお。

最初のころは、自分の持つ可能性を意識しておらず……よく考えもしないであわてて……あとで恥じることになる行動に出てしまったから。

そして、こんどは……

フェルマー・ロイドが死の危険に瀕しているのに気づいて、救った。

だが、代償が大きすぎた！

ゲ・リアング＝プオがいなければ、無理だった。彼女がシラⅦにくるのを強くとめていればよかったのに。そのことが悔やまれた。

一方では、そうでなければフェルマー・ロイドがやられていただろう……かれひとりではすまなかったはず。異生物がたったひとつの成果で満足したとは思えない。貪欲がおさまるまでに、多数の死者が出ただろう。

なにに対する貪欲？

戦った相手は、ワリンジャーを死にいたらしめた者と同一で、狙いは細胞活性装置らしい。彼女はそのように聞いていた。

ジェフリー・アベル・ワリンジャー……かれがすべてのはじまりだった。当時ラスト・ホープで、イルミナ・コチストワがかれのチームのメンバーだったときのことだ。シラⅦでフェルマー・ロイドにつかみかかったいまいましいろくでなしが、細胞活性装置を奪った盗賊と同一生物なら、装置を盗まれたワリンジャーをそのまま置き去りにして、悲惨かつ残酷な死を宣告した者だとしたら……

イルミナ・コチストワという人物のそれまでの評価には、特殊な才能のほかに驚くべき自制力があり、賞讃の言葉とともに強調されていた。評価者たちは知らないが、自制力は特定の理由から彼女が身につけたものだ……自分自身への不安、自分の情緒に対する不安、いだきうる憎悪のはげしさへの不安から。自分の心にコルセットをはめた。沸きたつ気性と殺害力のある特殊能力がいっしょになると危険なことがわかっていたから。

憎悪は劣悪なアドバイザー。

そして、わたしは攻撃してしまった。

自己防衛……それはいい。

フェルマー・ロイドを救うために。

災厄の拡大を防ぐために。

自己を守るために。

ゲ・リアング＝プオの死を防ぐために。これは、達成できなかった。

適切な理由はたくさんあるけれど、免罪に充分なものはない。

シラⅦで対峙《たいじ》した相手がだれだったのか、聞かなければよかったと悔やまれた。そうなら、自分の行動は正しかったと自分にいいきかせられるのに。すばやく直感的で非の打ちどころがなかったと、自分の感情や理念と調和できるのに。

自己防衛は受け入れられる動機だし、友の死を食いとめようとしたことにも疑念の余地はない。そう思って生きていけるし、罪の意識も完全に打ち消せる。

しかし、そのことを知ったおかげで、この種の潔白さは失わた。憎悪のせいで思考が毒にまみれてしまう。

そいつを〝ほんとうに〟やっつけられればよかったのに。そいつに感じさせてやれればよかったのに。わたしの行動によって、そいつがみじめにくたばるものなら。ジェフリーが死んだように、そいつも死ねばいい。死の苦痛がつづくあいだじゅう、ジェフリーにしたことの百倍も千倍も苦しめばいい。

彼女自身、願望がかなうとは思っていない。それでも願わずにはいられないのだ。願望を自分に認めて献身したいという欲求と戦う。だが、これまであまり成果はなかった。

償ってもらわなければ！　ジェフリーのため、ゲ・リアング＝プオのため、わたしがまだ知らないすべての生物のために！

そこで足をとめた。壁に突きあたったように。

ああ、ひどいわ。ダオ・リン＝ヘイも、だなんて！　いまはやめて！

しかし、ダオ・リン＝ヘイが彼女の心の内の絶望的な叫びに気づくようすはなかった。

＊

ダオ・リン＝ヘイは、《ペルセウス》タイプの宇宙船内でうまく生活するのにこまらなくなっていた。とはいえ、アットホームに感じるわけではないが。数時間前にモトの真珠をあとにして、ゲ・リアング＝プオのところに向かった。

とくに理由があるわけではない。すこし気が沈んで、気分転換とはげましをもとめていたことをのぞけば。

さらなる情報を引きだそうとどれほど試みても、アミモツオは執拗に抵抗した。無数のファイルは開く気配すらないし、エルンスト・エラートの報告からも、ほかのアクセスのヒントは得られない。

ゲ・リアング＝プオは自室キャビンにいなかったが、べつに意外なことではなかった。前もってどこにいるか問い合わせればいいものを、そうしなかったのだから。もしかすると……自分でもよくわからないが……とくに旧友の同胞との会話をもとめていたわけではなく、からだを動かして外に出たかった、つまり気分転換がほしかっただけかもしれない。

ゲ・リアング＝プオが自室にいないのなら、医療部にいることは、ほぼ確実と思われた。

医療部の場所ははっきり知らないが、道順はたずねないことにした。ギャラクティカーの宇宙船なら、どちらの方向に向かえばいいか、くらいのことはだいたいわかるようになっていた。あとは直感と鋭敏な感覚、それとカルタン人ならだれもが持つ特殊な方向感覚の組み合わせを使う。そうでなくても、からだを動かすには悪くない方法だ。

ダオ・リン＝ヘイは、宇宙船内でよく使うトレーニング法にはとくに興味がなかった。ランニングマシンなんてくだらないと思っていた。その場で足踏みしながら筋肉を鍛えるあいだ、理性がからまわりするだけなんだから。

このほうがずっといい。身体と精神をはたらかせる実用的なトレーニング。ダオ・リン＝ヘイは、自分自身との競争をはじめた。ついでに宇宙船内いたるところに設置された監視カメラとのちょっとした匿名の競争。トレーニングをほんのすこしスリリングにするために、思考をブロックしてみる。

それがどんなことを引き起こしたか、彼女には知るよしもなかった。

目標に到達したとき、すっかり興奮した心理学者と医師数名に出迎えられた。

「どこにいたんです？」憤慨してたずねてきた。「探していたんですよ」

ダオ・リン＝ヘイはギャラクティカーを見た……ひとりはブルー族で、青色の毛が逆立っている……この人たち、自分になにをもとめているのかと、すこしいぶかしく思いながら。

「わたしと至急に話したいのなら、知らせてくれればいいのに」と伝える。

「たしかに」ブルー族が応じる。「ただ、今回のケースでは、あまり……適切ではないと思いまして」

ダオ・リン＝ヘイは目を線のように細めた。思考の背後のどこかで予感するものがある。知りたくない気がした。だが、自分でも気づかないうちに、起きたことについての認識が意識内にひろがった。

ゲ・リアング＝プオは死んだ。シラⅦで、イルミナ・コチストワとともにフェルマー・ロイドを救おうとしたときに、未知の敵にやられた。テラナー二名は助かった。

ゲ・リアング＝プオは助からなかった。

ティフラーをふくむ数名が、いまもなおステーションで未知の生物を探しているが、まだ成果はない。

自分が見つけてやる。そして……彼女は心に思う。

「シラⅦに行くつもりだ」ゆっくりと言葉を発した。

「だめです。向こうに行くのは」ブルー族が応じる。

ダオ・リン＝ヘイはなにもいわず、向きを変えて歩きだした。

こんどはゲームじみたことはしない。ブルー族が彼女に見られた目つきをまだ気にしているあいだに、問題のエアロックまできた。

「あなたはどの出動コマンドにも属さない」だれかがいった。

ダオ・リン＝ヘイは、ジュリアン・ティフラーとの交信をもとめた。

「だめだ」彼女の意図を知ったテラナーがとめにかかる。「《ペルセウス》にとどまってもらわないと」

「それはできない！」

「そうしてもらう！　相手の正体もわからないのだ。この生物がこれまで襲ったのは、ミュータント三名のみ。そこから、亡霊が狙うのはプシ能力を持つ生物と考えられる。あなたには、それがある。だから向こうに行けば、命が危ない。ゲ・リアング＝プオを救うことは、どのみちもうできない」

「復讐してやる」

「それで命を落としたら？　だれがそれで助かる？」

「わたしと、わたしの良心」

「あなたが罪の意識をいだく理由はない」

テラナーの意見は正しい。ゲ・リアング＝プオは、彼女のために《ペルセウス》にのこったわけではない……自分で決心したのだ。シラⅦに行ったのも、自分の意志だった。亡霊狩りにくわわるよう、だれかに無理強いされたわけではない。

それにしても、彼女の死を感じなかったのは、なぜ？　《ソロン》の燃焼した残骸のなかにいるニッキ・フリッケルは知覚できたのに、ゲ・リアング＝プオの最期に気づかなかったのは、なぜ？

意味があるかどうかはともかく……そう考えると罪を感じた。もはや埋め合わせるチャンスはないという認識から生じる、希望のない罪の意識だった。

この状況で、できることはひとつしかない。

「彼女が死んだとき、そばにいたのはだれ？」とたずねる。

「イルミナ・コチストワとフェルマー・ロイド」ジュリアン・ティフラーが応じる。

「かれらから聞きだせることはあまりあるまい。なにかあるとすれば、イルミナのほうだ」

イルミナ・コチストワは、ほんらい属する場所、医療部にいた。ただし、セラピストとしてではなく、患者として。

「いまイルミナと話すことはできません」ダオ・リン＝ヘイは、そういわれた。「まだ

のんだ。
イルミナ・コチストワが医療関係者の保護を必要としなくなったら報せてくれるようた
「だいじょうぶですが、いま彼女のそばには行けません……それだけです」
ダオ・リン＝ヘイは礼儀正しくうなずく。テラナーがするように忍耐強く自制して、
「そんなに悪いのか？」ダオ・リン＝ヘイはショックを受けた。
休養が必要な状態なので」

報せが入ると、すぐに女テラナーの自室キャビンに行き、外で待った。

ハッチの前に立つダオ・リン＝ヘイを見て、イルミナ・コチストワは躊躇した。彼女との対話をあまり歓迎していないことは明らかだ。かつての全知女性は、跳びかかれるよう身がまえる。相手に問いただしたい気持ちで。

しかしミュータントは、《ペルセウス》船内にいるダオ・リン＝ヘイをいつまでも避けつづけることはできないと判断したらしい。

「どうぞ、入って」といって、ハッチを開けた。「でも、会話にあまり期待しないで。わたし、ほとんどなにも知らないから。あっという間の出来ごとだったの」

「質問はない」ダオ・リン＝ヘイはおちついて説明する。「ひとつ、ちいさなたのみがある。それほど苦労はかけない。数分間、いっしょに黙禱《もくとう》してゲ・リアング＝プオを想いだしてくれないか。それ以上はいらない……心のなかで彼女の名前をくりかえしてく

れればいい」

イルミナ・コチストワはなにも訊かない。ダオ・リン＝ヘイは、ほっとした。

時間が過ぎると、ダオ・リン＝ヘイは立ちあがり、なにもいわずに歩きだした。イルミナ・コチストワもやはり立ちあがり、引き出しを開ける音が、耳に入った。カルタン人はキャビンを出て……うしろを振り向く。

イルミナ・コチストワはその場に立ちつくし、大きく開かれた引き出しを凝視している。呼吸すらしていないらしい。

「なくなっている」ささやき声だ。

彼女はからだをまわしてダオ・リン＝ヘイを見た。顔は死そのもののように蒼白だ。

「細胞活性装置」ゆっくりと言葉を口にする。「ここに入れてあったのに、いまはもうない」

9

イルミナ・コチストワのキャビン内、ハッチ、通廊を点検した。亡霊が通った可能性の考えられるすべての道筋をくまなく探したが……なにも見つからず、成果はゼロだった。

「成果なし」ジュリアン・ティフラーが簡明にいった。

船内で異生物を見た者はおらず、センサーにも記録はない。イルミナのキャビンのハッチを信じるなら、だれのためにも開かなかったという。

「テレポーターではないですか」ボルダー・ダーンが推測する。「あるいは霊とか」

ラス・ツバイの目つきは、言葉より多くを語っている。

「霊ではない、とはいいきれないでしょう！」ダーンは頑固にいいかえす。自分のとほうもない理論を弁護するとき、かれはいつも頑固さを強調するのだ。「霊はいないといいたいんですか？」

「どうしてそういう発想になる？」ツバイが訊きかえす。「反証が目の前に存在するではないか」

ボルダー・ダーンは、えっという顔になる。

「どういう意味です?」不審そうにたずねた。

「さてと」ツバイは前置きをしてから、「小霊って、聞いたことあるか? ま、偏狭ともいわれるんだが」

「小霊?」ボルダー・ダーンは唖然としていった。「大きさのちがいがあるかどうか、わかりませんけど!」

「いいかげんにしてくれ!」ティフラーが腹だたしげに命じる。

「だけど、ちいさな霊なら、もちろん特別にチャンスがあるかも、ですね」ボルダー・ダーンは気にせず話しつづける。「ほんとにかすかな隙間でも通れるから、ぜんぜん跡が見つからない……」

「よく聞いて、ボルダー・ダーン」ニア・セレグリスがゆっくりはっきりといった。

「このテーマについてもうひとことでもしゃべったら、わたしがあなたの喉をふさいであげるわ。わかった?」

「なにも乱暴にならなくて、いいじゃないですか」ボルダー・ダーンは気を悪くしたらしい。「なんとか説明を見つけようとしただけですけど、みなさんのほうがなんでもよく知ってるんなら……お願いします!」

それだけいうと、立ち去った。

「まさにたわごとだな」ティフラーがいう。「本題に入る。われわれの手にあるのは？」

「あなたが自分でいったとおり、ゼロ」フェルマー・ロイドは淡々と応じる。「のこされたのは、推測だけ。それでも、わかったことがある。亡霊の狙いは、明らかにミュータントではなかった。シラⅦでわれわれを襲ったのは、われわれの持つ能力のためではなく、細胞活性装置がほしかったから。亡霊がぜんぶいっぺんに手に入れなかったのは、ひとえにイルミナとゲ・リアングのおかげだった。そいつは強くて超人的、難攻不落」

「わからないのは、なぜ逃げたのか？」ティフラーは考えながらいった。

「とどまってもよかったはず……それほどのリスクはなかったと思われる。ほんとうに怖い思いをさせたのは、明らかにイルミナだけだろう。イルミナの細胞活性装置を手に入れたのなら、あとは待つだけでよかったはず。なぜ活性装置ひとつで満足したのか？」

「ほんとうに満足したとは、まだ思えない」ラス・ツバイは懐疑的だ。「そいつがもうここにはいないと、だれがいったんです？　そいつの存在に気づいたのは、どのみち偶然からでした……われわれが気づくことを、そいつが望んだからかもしれない」

「細胞活性装置保持者をシラⅦにおびきよせるために、われわれの注意をひこうとしたということか？」ティフラーがたずねた。

「その理論を裏づけるものが、いくつかあります」とテレポーター。

「だとすると、そいつはわれわれについてそうとう知っていることになる！」

「われわれがどこにいて、だれが細胞活性装置を持ち、だれが持たないか、知っている。それだけでも、ありがたい話ではない」

「活性装置は探知できる。われわれに関する情報がなくても……技術装置さえあればわかることだ」

「そうでしょう」ラス・ツバイが険しい表情で応じる。「それだけで充分です。いますぐここを去るべきです。そいつがまだそのへんにいて、次の攻撃のチャンスを待っていると考えると、たまらない！」

一同は顔を見合わせた。気づかわしく、おちつかない思いで。沈黙を破ったのは、イルミナ・コチストワだった。

「ごめんなさい。わたしが活性装置を身につけていれば……盗賊はかれに近づかなかったかもしれない」

ジュリアン・ティフラーを見る。だが、相手は視線を避けた。

自分は細胞活性装置がなくても生きのびられる……誓ってもいいほど確信していた。だが、どのくらい〝ほんとう〟なのかは、だれにもわからない。疑念がまったくなければば、だれかに装置をゆずっていただろう。

ニア・セレグリスに。

彼女は、すでにほのめかしたことがある。

ジュリアン・ティフラーは自分の活性装置を胸に感じ、手で触れたいのをかろうじておさえた。

苦々しい気持ちがした。不死を人にゆずる権利は、だれも持つべきではない。〝それ〟のような超越知性体でも、だ。そのような意図は……

「《バルバロッサ》です！」

ジュリアン・ティフラーはびくっとして、深呼吸する。ボルダー・ダーンの声を聞いてこれほどうれしく思ったことはない。

「たったいまブラックホールから出てきました！」ボルダー・ダーンは興奮ぎみに報告する。

「そちらに行く！」

かれは立ちあがり、会議室をあとにした。逃げるも同然に。

ニア・セレグリスの目を見られるようになるまで、時間が必要だった。べつに不死でなくても平気。事実と折り合っていけると、彼女は何度となくいったが……彼には〝折り合う〟ことができなかったからだ。

ほかに可能性がないかぎり、そうむずかしいことではない。選択肢がなければ、慣れるしかないのだから。

アノリーは任務をやりとげた。イトラは強制的にかれらの命令にしたがった。ペルセウス・ブラックホール内の受け入れステーションがどのくらいのスケールなのか、だれも知らない。それに、ナックがそこをとりしきっていると推測されたが、アノリーやギャラクティカーを笑顔で迎えるとは期待できない。

〝笑顔で迎える〟……ナックについて、なんと似合わない表現！

「かれがわれわれをさまたげることはないはず」デグルウムがいった……ほかの二名のアノリーは《ヤルカンドゥ》にすでにもどり、デグルウムもそうするところだ。「恐れるものはないはずです」

アノリーはそうとう自信があるらしい。だが、ティフラーはその事実にあまり意味を置かないことにした。

アノリーはいまもなお、カンタロは親切かつ友好的で礼儀正しい生物だと主張する。最悪のケースで陰湿な目的のために利用されたが、同胞がすこしやさしい言葉をかけさえすれば、そのことに気づいて、銀河系に蔓延する不正を撲滅させるだろう。アノリーの情緒は強く、ほかの案件についても評価が曇っている可能性がある。

デグルウムは《ヤルカンドゥ》にもどっていった。あとはかんたんかつすみやかにすんだので、ジュリアン・ティフラーも不信感を忘れようとつとめたほどだった。

シラグサ・ステーションにインパルスを送り、すみやかに移動に入る。かすかな支障すらない。ギャラクティカー船三隻は完全警戒態勢を敷いていたが……ほとんど滑稽に思われたほどだった。

目的地に到達し……銀河系の星々がスクリーンにうつしだされた。ペルセウス・ブラックホールの降着円盤はすでに背後にある。

「やりました」ボルダー・ダーンが祈るように告げる。「故郷銀河にもどりました」

シントロニクスから報告があり、ボルダー・ダーンの言葉は確証された。そこへ、重ねるようにして警報がけたたましく鳴りだした。

「襲撃されます！」

「こんちくしょう！」だれかが心の底からののしる。

「カンタロだ……カンタロ船の大部隊。われわれには歯がたたない」

「そんなこと、だれも訊いていないぞ」ティフラーの激怒した声。

全力投球で戦ったとしても、まったく勝ち目はない。それは、かれらもわかっていた。実際にはじめる前から負けたも同然なのだ。

「部隊がさらにやってくるぞ！」ボルダー・ダーンが憤慨して歯を嚙みしめる。「ちくしょう、なんてことだ？　いまあるだけで充分強いのに、なんのために援軍が？」

《ペルセウス》ははげしく揺れ、だれかの悲鳴が聞こえた。新参の船隊が鋭い光をはなつ。ふいに防衛を余儀なくされたのは、カンタロのほうだった。

「たしかに援軍だった」ティフラーは安堵する。「だが、カンタロのではない。われわれの援軍だ」

*

カンタロは退却した。

「感謝する」ジュリアン・ティフラーはいい、交信してきたスプリンガーの顔を見る。

「感謝はわれわれにではなく、ペリー・ローダンにしてくれ」相手が応じる。

「ペリー・ローダンは生きているのか？」ティフラーは口早に訊く。「われわれは、ローダンに手を貸すために大急ぎで駆けつけたのだ。ここペルセウス・ブラックホールでの戦いは……」

「大急ぎの援助についてのわれわれの想定は、さいわいあなたたちのそれとはちがう」スプリンガーは皮肉っぽく応じる。「あの事件からすでに一年が経過している」

「ほんとうか？」ティフラーは驚く。「きょうの日付を教えてくれ」

相手の返事にショックを受けた。銀河系ではNGZ一四四五年七月二十八日になっていた。多数のブラック・スターロードを経由して旅するあいだ、一時間も経過していないのに。

ペルセウス・ブラックホールのせいなのだろう。ナックとカンタロが操作したから。

それ以外の理由は思いつかない。

「だが、安心してくれてだいじょうぶだ」スプリンガーが先をつづける。「ローダンは生きている。ブラックホールから目をはなさないようわれわれに忠告したのは、かれだ。やっとその甲斐《かい》があった」

「ペリーのところに連れていってもらえるか？」

「だめだ。かれは抵抗組織〝ヴィッダー〟のすべての拠点から遠ざかっている。われわれを危険にさらさないために」

ティフラーの顔が落胆に陰るのを見て、相手はにんまりして、

「だが、ローダンのチームにコンタクトする可能性は見つかるだろう」と、いいそえた。

エラートのメッセージ

アルント・エルマー

登場人物

ペリー・ローダン……………………銀河系船団最高指揮官
アトラン……………………………《カルミナ》指揮官。アルコン人
レジナルド・ブル（ブリー）……《シマロン》指揮官
グッキー……………………………ネズミ＝ビーバー
アンブッシュ・サトー……………超現実学者
ジュリアン・ティフラー…………《ペルセウス》指揮官
ダオ・リン＝ヘイ…………………もと全知女性。カルタン人
コフェル……………………………ヴィッダーの工作員。パリクツァ人
ヴェスターヴェレ…………………同。ＵＳＴＲＡＣの拠点のリーダー
ランドリン・ノラゴ………………カンタロの指揮官

1

直径二百メートルのテラ製球型船は、溶解した残骸をのこすにすぎない。無数の穴をうがたれた塊り。外殻の無傷な部分は、高度圧縮物質のために水泡のような状態になっている。強力なサーモ砲によって生じた表面の透明な溝があちこちに見え、地面に半分埋もれた残骸の周囲は焼け焦《こ》げていた。一度溶解してふたたび凝固した岩からなるくぼみに鎮座する《ナルヴェンネ》は、岩の台座に置かれた記念碑にも見える。

ある意味で、それは記念碑でもある。十二カ月から十三カ月前に喫した、まだ記憶に新しい敗北の記念碑。銀河系を支配する者たちにくらべて自分たちの力がいかにかぎられているかをはっきり見せつけられた敗北。

テラのホールにいる悪魔！

その悪魔には名前がつけられた。特異性を強調するその名は、モノス。

ホログラムの前にいる男は、いらいらと歩きまわり、ふたたび映像に目を向けた。二十四以上の中継器を使ってシスタに到達する記録。とくに新しい情報はない。合成映像を観察する男は、実際に現場にいて、残骸を発見したからだ。

抵抗組織〝ヴィッダー〟は、繁殖惑星シュウンガーの推定ポジションの近くにあるアステロイドに、あとから調査コマンドを送り、残骸を精密に調査させた。報告書がすでにある。

「全クルーは、球型宇宙船内で生じたはげしい高熱化の犠牲となりました」シントロニクスのサポート・ヴォイスだ。「グラトニク・スローヴァルほか数名はすぐに身元確認がとれました。死者は夜の闇にまぎれてスペース＝ジェットで宇宙に運ばれ、そこでかれらはヴィッダーの昔からの慣習にしたがって宇宙葬にされました。スペース＝ジェットの乗員たちは、じゃまされることなく拠点にもどりました」

声がやむと、瘦身《そうしん》の男はホログラムから向きなおった。シートに歩みよるあいだにスクリーンは消え、男はやわらかいクッションに身をもたせて両手で顎をささえる。グレイブルーの目が閉じた。口もとに哀しみがあらわれている。

ペリー・ローダンの頭にあるのは、同行者たちとともにクロノパルス壁を破り、銀河系へ進入することに成功してからずっと頭を悩ませているものだ。

野火のように銀河全体にひろがったカンタロを、まず惑星ウウレマで破った。その後は敗北につづく敗北。ジェフリー・アベル・ワリンジャーがかつて〝テラのホールにいる悪魔〟と名づけた敵は、ほんとうの顔を見せた。ローダンはまもなく悟った。モノスは自分に対するサイコテロによる心理的殲滅戦をしかけているのだと。

はじまりは、シシュフォスに帰投したスペース＝ジェットがもたらした組織サンプルだ。サンプルは、片親がゲシールである生物のもの。未知の声がローダンに話しかけてきて、この細胞組織はかれの敵のものだと伝えた。

プロジェクションで見た妻の姿を思いだして、背中に次から次へと冷水シャワーを浴びた思いだった。ゲシールの顔は苦痛にゆがみ、絶望した声で懇願したのだ。

〝助けて！　わたしを救いだして！　拷問されているの……殺される……〟

最初は幻影ではないかと思った。だが、プロジェクションを見たのは、ローダンだけではない。エイレーネもこの現象を感知した。

それ以来、ふたりとも不確かさに苦しんでいる。ゲシールになにがあったのか？　当時だれが彼女を惑星サバルから誘拐したのか？　コスモクラートの使者ではなかったことを、アンブッシュ・サトーがのちに証明したけれども。

ローダンの頭を悩ませつづけている疑問の答えを知るのは、ガルブレイス・デイトンだけだった。デイトンは旧友のもとに帰り着いた代償を、死で支払った。モノスにやられたのだ。ワリンジャーにつづいて、太陽系帝国時代の親しい友がまたひとり喪われた。

デイトンが他界したのは七カ月も前のことだが、ローダンにはきのうのように思われた。

足踏み状態の七カ月。というか、これといった成果はなかった。このあいだずっと、ヴィッダーの新司令本部には近よらなかった。敵にその位置を知らせないためだ。ガルブレイス・デイトンから受け継いだ《オーディン》で宙航し、惑星キオンのビオントたちの壁のあいだを何度も行き来した。

そのようにしてシュウンガーのある宙域に忍びこみ、《ナルヴェンネ》を発見した。同船に乗っていたひとりがペドラス・フォッホだった。かれの死とともに、〝ドレーク〟のメンバーはひとりもいなくなった。ほかのメンバーは全員、ペルセウス・ブラックホールの戦いですでに落命していたから。

ほんとうにそれほどの年月が経過したのかを確認するかのように、壁につくりつけた端末機のクロノメーターに目を向ける。NGZ一一四五年七月二十六日、船内時間十二時十七分。

訪問者がやってきて、ハッチの前に立ちどまったことを、端末機が知らせた。

「オープン!」小声でいう。

ハッチが音もなくスライドする。ローダンは、待っていたアルコン人をじっと見る。いっしょに出動するために《カルミナ》から移乗してきたのだ。アルコン人は、パートナーでもある友のようすを見て、足をとめた。

「ゲシールのことを考えているな」と声をかける。「いまも望みを捨てていないんだな！」

「ええ」ローダンの声が震えた。すでに長い年月が流れたが、いまもなお希望を持っている。アルコン人は、かれの肩に手を置いた。

「行こう。みんなが決定を待っている。これ以上このままでいるわけにはいかない。アリネットからはなんの連絡もこない。当宇宙セクションに長くとどまればとどまるほど、見つかる危険が増大する」

「行きます」ローダンは応じ、背筋を伸ばした。グレイグリーンのコンビネーションを手でなでる。ベルトのところに、アンブッシュ・サトーの設計した個体バリアが組みこまれている。保持者の細胞核放射、細胞活性装置の特徴的な振動といったものを完全にカバーするマイクロモジュールだ。「とはいえ、ヴィッダーから最終的な通知があるまで待つつもりです」

不死者二名は、肩をならべてローダンの自室キャビンを去り、《オーディン》の司令室に向かった。

＊

エンザ・マンスールがノックス・カントルを発見したのは、装置ブロックのあいだだった。装置類に身をかがめるノックスに、シントロン監視装置がデータをささやく。テラナーは何度もかぶりを振った。

「ちがうよ。それじゃうまくいかない。キャパの評価はいらないんだ。べつのやりかたでやってみてくれ」

シントロニクスはふたたび活動をはじめた。ノックス・カントルはヴィジュアル表示を目で追う。これまでの調査では、望みの結果は得られなかった。だが、とくに落胆はしていない。時間はある。

「ここにいたの！」エンザは腹をたてている。「シラミ自動発見装置にまだ飽きないの？」

ノックスはぎょっとして振りかえり、目をまるくして彼女を見た。額に落ちて目にかぶさる長い褐色の頭髪を二本指でかきあげる。幅のひろい口と濃い眉毛のある骨ばった顔が無表情に相手を凝視した。大きな淡黄褐色の目には、かすかながらはにかみと自制がうかがえる。かれは頭をまわしてもとのポジションにもどした。

「これ、船内のシラミ駆除とは関係ないよ。さあ、見てみろ！」

かれはからだを横にかがめた。エンザの腕をつかんで引きよせると、あいた手でモニターをさす。

「見てごらん、このパターン」と、相手にうながした。「走査機の機能法がわかりかけてきたよ。これ、オメガ走査機って呼ぶことにした。オメガ曲線によって表現される可能性のいちばん高いフィールドを投影するから」

「お遊びだわ」とエンザ。「時間のむだ。いったいなんなの、これ？」

ノックスはエンザのこきおろしが耳に入らないようすで、ふっと息を吐いた。モニターに顔をよせる。

「いいぞ。その調子だ」と、大声でいう。「干渉が生じた。共通の振動が生じるかどうか、たしかめてくれ！」

この装置は、宇宙船の〝シラミ駆除〟のさい見つけたものだ。もちろん《オーディン》船内にシラミがいたわけではないが、だれもがこの表現を使っていた。ガルブレイス・デイトンの宇宙船をローダンがもらい受けたのち、乗員過剰だった《シマロン》から、レジナルド・ブルが男女七百名を送りこんだ。最初の目標は、カンタロが《オーディン》船内にこっそり設置した装置類をくまなく探すこと。四カ月をかけた任務がすむと、外から宇宙船へのアクセスはもはや不可能と確証された。

そのほかいくつか、副次的影響としてわかったことがある。

《オーディン》は、カンタロ製のパルス・ヴァリエーターを持たないため、銀河系の外には出られない。また、サイボーグとなったデイトンは、主人たちに拘束されていた。

つまり、かれらはサイボーグを百パーセント信用していなかったのだ。かれらは、ほかの多数のクルー同様にデイトンのことも利用した。太陽系は、NGZ一一四四年十月二十六日に通常の時空連続体から最終的に消えた。それ以来、ローダンは太陽系に到達しようと努力してきたが、無残に失敗した。かれの考えによると、太陽系のバリアを解くのに必要なパスコードを、おそらくデイトンはそのサイボーグの体内に埋めこんでいたはずだった。

それでも《オーディン》には、パルス・コンヴァーター六台のうちの一台が早くも設置されていた。アンブッシュ・サトーの指示のもと、ヴィッダーのメンバーたちがワリンジャーの設計にしたがって構築したものだ。《オーディン》の基礎設備には、そのほかコンピュータ・ウイルスソフト、アンチウイルスソフトのセットもふくまれる。これにより、カンタロのウイルス壁をなんの苦もなく通過できる。一一四五年三月、《オーディン》はこの装備とともにクロノパルス壁を通過して惑星フェニックスに初飛行をはたした。ロナルド・テケナー、ジェニファー・ティロン、自由貿易者たちに、銀河系の状況やローダンを個人的に狙う敵に関する情報をあたえるとともに、カンタロから攻撃されるかもしれないと警告するのが目的だった。ローダンの考えによると、敵にこちらの足跡が逐一たどれるなら、フェニックスの座標も知られているはず。危険が増大したにもかかわらず、自由貿易者たちは惑星を放棄するのを拒んでいる。かれらは総力を防衛に動員し、《オーディン》が運んだ贈り物、新構築されたパルス・コンヴァーター六台のひとつをありがたく受けとった。

　ローダンは、フェニックスでも《バジス》についてのあらたな情報を得た。といっても一一四四年に由来するもので、破損した断片をとりあえず模造品で代用していたが、ハミラー・チューブによって再構築されたという。《バジス》はこれで完全にもとの状態になった。欠けているのは船長のハロルド・ナイマンだけ。かれの消息を、ハミラーが何度もたずねていた。

《オーディン》は、フェニックスからまっすぐに銀河系にもどった。

　ノックス・カントルが実験中の装置は、〝シラミ駆除〟後に船内にのこされた唯一の異物であり、かれの大のお気に入りなのだ。

「オメガ走査機ってさ、高分子振動レセプタって呼んだほうがいいかも」と、いかにも誇らしげに語る。「きちんと反応してくれたら、われわれはあらゆる種類の振動を認識して盗み、複製できる。だれが生みだしたものであっても」

「なんの役にもたたないモノね」エンザが不平をいい、「さあ、いいかげんいっしょにきて！」腹をたてててちいさな装置を一瞥《いちべつ》する。たいらなプレートに四つの突起があって、熟しすぎたキノコの傘のように見える。

　ノックスは動かずにモニターを凝視して、歓声をあげた。エンザのからだをつかんで揺さぶる。エンザは身を振りほどくことができず、かっとして相手の顔をひっぱたいた。ノックスは深く息を吸いこみ、腕を引っこめた。

「きみはバカで盲目だ」と、どなりつける。「われわれの手にあるのは、カンタロの体内で生じるエネルギー・プロセスに影響をあたえられるかもしれない装置なんだぞ。それなのに、なんの役にもたたないモノとは！」

「ならば世界を動かす発見をペリーに報告したらいいわ。わたし、ほかにすることがあるの。手伝ってもらえるわよね」

「なに？」

「出動よ」

「わたしはのこる。高分子振動レセプタはまだ動員できる状態じゃない。ペリーは計画を先に延ばすんだな。装置が機能するまで！」

「待てないそうよ。ヴィッダーから報せがありしだい、攻撃しなければならないから」

「われわれは不参加だよ」ノックスは有無《うむ》をいわせぬ口調でいいそえる。「サトーからたまたま聞いたんだが、出動グループの構成メンバーはたったの三人だそうだ。ほかになにか？」

エンザはくるりと向きを変え、速足でラボから出ていった。

「メシを食いにいくとき、呼んでくれ！」ノックスは彼女の背中に向かっていった。

＊

球型船《オーディン》には、テラ史近世に開発されたモジュール船シリーズの建築ヴァリエーションがいくつもそなわり、赤道領域にロロ・デッキを持つ。両サイドにひらけた領域で、必要に応じてさまざまなモジュールをとりつけられる。

いまロロ・デッキにあるのは、アトランの《カルミナ》。《オーディン》とともにシントロン伝令船とのランデヴー・ポイントに宙航し、名のない褐色矮星《わいせい》の強いマグネット・フィールド放射に守られた状態でヴィッダーからのメッセージを待っている。

連絡がないまま、船内カレンダーが七月二十七日午前九時をしめした。この宇宙セクターでこれ以上待てば、危険は増すばかり。カンタロ船がいつふいに出現してもおかしくない状況なのだ。マキシメックス探知機がフル稼働しているが、亡霊船の影すらキャッチしていない。亡霊船……カンタロの宇宙船は、俗にそう呼ばれていた。

宇宙船上部に位置する司令室のクルーは、退屈して眠たげなようすだ。イルトはひと目で見てとった。居住デッキから乗ってきた反重力シャフトをおりると、ノーマン・グラスと彼のクルーが任務を遂行するシートに向かって足を速める。シートの設置されたプレートを一周してから前方にすっくと立つと、両手を握って腰にあてた。司令室内の男女を順々に見るかれの目がぎらぎらと光る。

「すばらしいチームじゃんか！」大声で呼びかける。「偶像みたいにどっかとすわったまんま。ちょっとくらい気分転換したらどう？　きみたちにうってつけの仕事がある。ノックス・カントルが高分子振動レセプタをテストしたんだけどさ、きみたちにテスト結果を知ってもらいたがってるよ！」

ここで意識的に間をおく。だれもまともに聞いていないのは明らかだった。副長兼首席操縦士はスクリーンから目をはなさない。スプリンガーのサムナ・ピルコクは探知装置を観察し、隣りにすわる格納庫チーフのオレグ・グリックと、グラスの横に位置するブルー族の火器管制チーフ、フィリル・ドゥウエルは、目を閉じたまま、ひとりごちるように唇を動かしている。

「おい！」ネズミ＝ビーバーは呼びかける。「休業中かい？　仕事意欲、ゼロじゃんか！」

やはり、だれも返事をしない。女スプリンガーが左腕をあげててのひらを向けた。しずかにしてくれといいたいのだろう。グッキーは三メートルというわずかな距離をテレポーテーションして、彼女の眼前に実体化した。テレキネシスを使って宙にとどまり、探知装置への視野をふさいだので、相手は怒りだした。

「毛皮の怪物のくせに！」と、どなりつける。「どいてくれない？」

「やだよ！」ネズミ＝ビーバーは説明し、あざけるようにサムナ・ピルコクに目くばせした。「ぼかあ、正式に任命されたきみたちの進行役なんだ。きみたちが余暇をできるだけ快適に過ごせるようはからうのが、ぼくの任務。きみたち、ここで余暇を過ごしてんだろ？」

女スプリンガーは憤慨して、

「ルスマと星雲にかけて」と文句をいう。「その生意気なものいい、消してやる。シントロニクス？」

「はい、サムナ？」心地よく調整された声が不可視のマイクロフォン・フィールドから響いた。

「ネズミ＝ビーバーを司令室から追いだして。任務遂行のじゃまだから」

「残念ながら、それはできません！」シントロニクスが説明する。「グッキーは司令室内を自由に行き来する権限を持っています。ヒューマニズムの問題でも？」

「そう」

「それなら、クルー内の精神科医をおすすめします、サムナ」

「どうも。必要ないわ。会話終了！」女スプリンガーは吐きすてるようにいった。グッキーの視線を避け、同僚の男二名にならって目を閉じる。存在しないふりだ。ぽんっというかすかな音が耳に入った。ネズミ＝ビーバーが移動したのだ。だが、まだ司令室内にいるらしい。

「眠るんじゃないぞ。探知機をしっかり見てろ！」イルトが鋭い声でいった。

ハイパー探知機の表示が振れた。一光年以内の距離から《オーディン》のポジションに向かって移動する飛翔体らしい。まだハイパー空間にあるため、はっきりしたことはわからないが、針路は確実だ。

「いいかげんにしてよ！」ネズミ＝ビーバーの甲高《かんだか》い声が響きわたる。「全員まっ黒焦げになるまでじっと待つなんて、高尚なテラナーにあるまじきだっての」

こんどは、それでもわずかな反響があった。ノーマン・グラスが顔を向けた。眼窩《がんか》深くにある黒い目でグッキーを見て、意味のわからないうなり声を漏らし、

「警戒準備態勢」と、いいわたす。シントロニクスが命令を遂行し、ペリー・ローダンは、とって当然の休養中に起こされ、司令室に呼ばれた。

ほかの乗員たちも、それぞれの持ち場に移動しはじめた。

未確認物体は、すでに数光分の距離まで接近していた。まもなくハイパー空間を脱出するのだろう。

「なんだ、あれは？」オレグ・グリックがうなるようにいった。「おい、フィリル、気をつけてくれよ」

「まかせてください」ブルー族が応じる。「準備はととのってます。怪しげなものは、みんな撃ち落としてやる！」

ハイパー周波が明確になり、鈍いうなりが聞こえてきた。ハイパー探知機の音響測定可能な構成要素がしめされる。うなりはしだいにやかましくなり、突然やんだ。未確認物体がハイパー空間を出て通常空間に復帰したのだ。《オーディン》との距離は二光秒にすぎない。シントロニクスは、防御バリアリレーの作動が不要なことを瞬時のうちに確認した。宇宙船と物体のあいだでインパルスが交わされる。物体は長さ百メートル、幅四十メートルのロボット・ユニットだ。認識コードが送られてきた。《オーディン》は、〝ヴィッダー・メンバー〟の現時点有効な作動コードで応じる。

クルー全員が、探知装置のディスプレイを一心に凝視する。

「危険はありません」シントロニクスが告げた。「連絡してきたのは、ロボット・ゾンデにすぎません」

ハイパー空間で機能可能なゾンデは、抵抗組織ヴィッダーの銀河間コミュニケーション網を形成するアリネット衛星の設備だ。あらゆる情報は、アリネット衛星を通してヴィッダーのステーションからステーションへと送られる。ローダンが友ホーマー・G・アダムスの率いる組織にコンタクトするときも、アリネットを経由する。

それでもなお、ほんとうに平和だと考える者はいない。カンタロとかれらの罠の恐ろしさについては、全員が身をもって知っていたからだ。

ペリー・ローダンが司令室にあらわれた。背後に友のアルコン人とシナジー・ペアをしたがえて。

「おはよう、ペリー」ネズミ＝ビーバーがテラナーに声をかけた。「よく眠れたかい？きみひとりじゃないんだよ。司令室チームはみんな、うとうとしてたんだから！」

グッキーが新手のおふざけをやってのけたことは、ローダンもすでに聞いていた。

「もういいだろう、ちび」という。「なんといった？」

「至急司令室に」シントロニクスが応じる。「注意してください。すぐにバリアを展開することを推奨します。ゾンデは、二十秒後に自爆と伝えてきました！」

スクリーンにまばゆい閃光がはしり、ゾンデが自壊した。ゾンデの任務がなんだったのか、もはやだれにも再現できない。会合ポイントに向かう途中でカンタロにキャッチ・分析されなかったことを願うばかりだ。こうした情報伝達においては、考えうるすべての予防策を講じてもなお、この種の残留リスクは回避できない。

「スタート！」ペリー・ローダンが声高《こわだか》に告げた。「いますぐポジションをはなれる。エネルギー閃光が計測されたとすると、いくらもしないうちにだれかがここにくるだろう」

シントロニクスが、転送されたメッセージを伝える。

「カンタロの永遠の船一隻がUSTRACのリハビリテーション・センターにやってくることを、ヴィッダーは突きとめた。メッセージは、同地にいるメンバーたちからのもの。カンタロの高位有力者一名がやってくる。USTRACのメッセージから、これ以上の情報は得られなかった。メッセンジャーは、命の危険を冒して伝達し、その後の行方は知られていない。注意すること！　USTRACに滞在するヴィッダー・メンバーとのコンタクトは、クローン・ゲットーでのみ可能。合言葉はブラン。この言葉を口にする者はみな信用してよい。幸運を祈る。ロムルス」

ローダンはすぐに実行にうつす。

「コースをUSTRACに」と告げた。「可能なら半光年の距離まで接近する！」

かれが指揮官用シートに向かったとき、ノックス・カントルが足早に追ってきた。

「おわたししたいものがあります、ペリー。利用できると思うので！」

2

インプロンは黄色い光を放射する。宇宙船は、熱とエネルギーからなるきらめくカーテンにつつまれた。G2クラスの恒星インプロンは、三つの惑星を持つ。第三惑星がUSTRACだ。この星系から太陽系までの距離は、三万二千四百十九光年。

USTRACは、はるか昔の時代を思いださせる。惑星の名は、星際連合トレーニング・センターの略称にすぎない。伝説的なUSO時代、スペシャリストたちは教育の最終段階としてここで訓練を受けた。直径一万二千八百十四キロメートル、重力一・一三G、自転周期二十九・五四時間、平均気温三十・八度と、惑星の生活条件はわりとテラのそれに近い。だが、やや高い重力、一日が長いこと、高めの気温は、故郷世界に慣れた一般のテラナーの有機体にはそうとうきつい。

三人の男たちは、ロロ・デッキのすぐ上に位置するエアロック内に立つ。下部に、超小型グライダー一機が待機中だ。秘密の経路を使って目的地に行くことになっている。セランのヘルメットはたたんだまま、司令室からの短い報せを待つ。

ペリー・ローダンは、同行者をこっそりと観察する。アトランの表情はかたい。USOの最高責任者だった時代に思いをはせているのだろう。かれは長い年月をへて、この惑星にもどることになる。ローダンは、個人の安全を強く感じた。不死の友は、USTRACのことならベストのポケットほどに知りつくしているし、かれの映像記憶はたよりになる。グッキーのほか、最適なパートナーとしてアトラン以外に考えられなかった。

「注意、出動チームへ！」受信装置からノーマン・グラスの声が聞こえてきた。「接近中の物体は輸送船です。通信を盗聴したところ、目的地はUSTRAC。積み荷はクローン。特殊トレーニングのために選ばれたクローンです。どうしましょうか？」

「計画を変更する」ローダンは、ふたりの同行者をちらりと見てからいった。「見つかる危険の高いグライダーはやめて、輸送船を使わせてもらう。留意してくれ。《オーディン》はパッシヴのままだ。ノーマン、上部でむだなエネルギーを放出しないこと。輸送船からインプロンまでの距離は？」

「いまのところまだ二光時ですが、急速に接近しています。まもなくハイパー空間を脱するでしょう。そのときはすぐに知らせます」

「よし、待つことにする！」

ちいさな友のいたずらっぽい視線がローダンの目に入った。グッキーはにんまりして手をこすっている。

「何百年も前からUSTRACに行ってみたいって思ってたんだ。おぼえてるかい、銀色ヘア？　メルバル・カソム、レミー・デンジャーといった連中の時代だよね。わかってるって、きょうはカンタロやならず者たちとの戦いだろ。やつら、今後もしばらくはこっちより優勢だろうね！」

「ちび！」ローダンは戒める感じでひとさし指をたてた。「あまり暗く考えるな。悪党がだれだとしても！」

頭のなかでいま一度、出動プランをチェックする。ヴィッダーが数週間前から送ってくる情報を、ありがたく受けとった。かれは、たがいに関連性のある多数のことがらについて突きとめたいと考えていて、ヴィッダーの情報はおおいに参考になった。知りたいことはいろいろある。故郷の太陽系でなにが起きているのか、テラのホールにいる悪魔とはいったい何者なのか。ゲシールはその後どうなったのか、確認しなければならない。そのためには転送機のロックを解除するか、べつの方法でテラに行くしかない。だが、モノスに接近するには、デイトンから得られなかった情報が必要なのだ。カンタロ・サイボーグからも、なにも得られなかった。デイトンの悲劇的な死以来、ローダンには目標がある。カンタロの指揮官を捕まえて、ヴェーグランやデイトンのケースのように死のインパルスで破壊されるのを防ぐことだ。

ノックス・カントルの高分子振動レセプタは、ちっぽけなチャンスを持つにすぎない。

ローダンのセランの胸部に固定されたそれは、大きな腫瘍《しゅよう》にも見える。カンタロが日常的に利用する技術に属するため、探知されるのではないかという疑念がある。だが、それはかえってメリットかもしれない。味方の武器庫に由来する装置なら、疑いをいだかないだろうから。すくなくとも、その時間はあるまい。USTRAC作戦は急襲となるはずだから。カンタロの指揮官に、適切に反応する機会をあたえず、グッキーがかれを連れて可及的すみやかに消えることになっている。高性能の特殊マイクロ・バリアでつつみ、サイボーグの体内になんらかの影響をおよぼすインパルスがすくなくとも外部から入らないようにする。高分子振動レセプタの利用によって特殊バリアを補完するのがローダンの意図だ。

「アンブッシュ・サトーはなにをしている?」と、たずねた。

返事をしたのは、こんどは女スプリンガーだ。

「グッキーがあらわれて、カンタロを連れてくるのを待っています」数秒後、男三名の前にホログラムが作動し、頭の大きな超現実学者が見えた。深紅のキモノを着て胸の前で腕を組んでいる。

「幸運を祈ります」と、サトー。「準備万端です。減圧室に一度入ってしまえば、自力で脱出することはカンタロにはできません。たとえ自壊しても、《オーディン》に危険はおよばない。最後の手段として、宇宙船のカンタロのいる部分を切りはなすこともできます」

「時間厳守でカンタロを配達できるようにがんばるからね、われらの超現実屋さん」グッキーが呼びかけ、ホログラムをさす。サトーは軽く頭をさげて唇を動かしたが、声は聞こえない。三次元映像が褪《あ》せて消えると、三名はエアロックを去ることにした。

数分後、輸送船が太陽系に入ったと、グラスが報告してきた。

「インプロンへの最短距離へは、四十五秒後に達します。グッドラック！」

「感謝する」とローダン。グッキーはかれが伸ばした左手をつかみ、さらにアルコン人の手をとる。セランのヘルメットが持ちあがって閉じる。すぐに三名がテレポーテーションしたあとの空洞を空気が埋めるかすかな音がした。

こうして、カンタロ誘拐作戦がはじまった。

*

最初のジャンプで、一行は輸送船から数十万キロメートルのところまで接近した。円盤のような黄色い恒星の前に見える微小なしみが、それだ。ボックス型宇宙船の巨大なエンジン装置が、ちいさな星のように光っている。

ローダンが問いかけのまなざしを向けると、ネズミ＝ビーバーはヘルメットの奥でかぶりを振り、つないでいた手をはなした。セランをさして合意の合図をすると、通常交信の範囲は極近距離まで落とされた。

「明白な思考はキャッチできないよ、ペリー」イルトは相手の視線に応じる。「距離がありすぎだな。どうしよっか？」

「ボックス表面にできるだけ接近してくれ。運がよければ、輸送船の探知機の間近でないところに実体化して、適切なかくれ場を見つけられるだろう」

「了解！」イルトが反対側に目をやると、無重力のなかに浮遊するアトランがローダンをしめした。グッキーはふたたびかれの手をとり、男ふたりを引きよせる。

「行け、ちび！」ローダンは小声でいった。サトーのマイクロモジュールに思いをはせる。身を守ってくれるはずだが、実際に機能するかどうかは今回の作戦で判明するだろう。機能しない場合、あらたな拠点惑星へレイオスやヴィッダー司令本部へは今後も近よれないということ。また、カンタロに接近すれば、即座にモノスに気づかれてしまう。

じつのところ、まったくどこにも接近できない。

深刻な状況の数カ月間、ローダンにとってそれがもっともつらいことだった。つねに精神的ストレスを受けながら、ときどき未知生物の視線を背中に感じてしまうのだ。

不死者は疑問に思う。わたしの居場所を、どうやってつねに知っている？　いったい何者だ？

細胞活性装置を盗むのは、なんのためだ？

気をつけろ！　心の声が警告する。背後にいるのはだれ、あるいは、なんなのかもわからず、モノスの正体も知らないではないか。わかっているのは、そいつが伝えてきた情報だけ。それが真実に即するとはかぎらないんだぞ。

それでも、真実のちっぽけな核が、そこにはある。ガルブレイス・デイトンが死ぬ前に口にした言葉で明らかになったこと。巨大カタストロフィ以降の数百年間、〝それ〟はすっかり沈黙しているのだ。銀河系にちらばった、もともと二十五個の細胞活性装置は、〝それ〟に由来する。

関連性は、どこにある？

軽く引っ張られる感覚。非実体化したのだ。すぐに輸送船の影が目の前にあらわれた。グッキーはショート・テレポーテーションで連れをメタル製の外殻に導く。そこから外側構造物の影に引っこみ、まずはようすをうかがう。すくなくとも二時間そこで待つあいだに、輸送船は星系内を宙航してUSTRACに接近していった。

グッキーは、連れとともに輸送船内にテレポーテーションした。

＊

目の前にいるのは、男のキメラだ。一種族以上の遺伝物質からなるハイブリッド。体格からいうと肥満なのかもしれない。上向きにのびた卵形の頭から、かろうじて部分的にアラスの遺伝子を持つことがうかがえた。テラナー二名を見て足をとめ、口を開く。

「友よ！」大声で呼びかけてきた。「すごいだろう？　まもなく目的地に着くぞ。ノラゴのおかげで！」

「そうだ、まもなく目的地」ローダンはそっけなくいい、笑みを浮かべた。アトランはなにもいわず、こわばった表情で相手を上から下までじろじろと見る。

　ハイブリッド・クローンは一歩退き、禿頭《とくとう》をなでた。

「ランドリン・ノラゴと呼んでくれ」

「では、宇宙船司令室へいっしょに行こう。景色を楽しもうではないか」

　テラナーはためらったが、アトランに背中を押された。ローダンはかれをちらりと見て、背後にある分岐した通廊をなにげなく見つめた。ほんのつかのま、グッキーがそこに姿をあらわして、ぜんぜん問題ないとしぐさで知らせた。かれは、船内にいる人工交配生物たちの思考からこっそりと情報を仕入れていたのだ。

　ネズミ＝ビーバーはセランのところにのこることにした。外観から正体がばれるので、カンタロまたはスパイが船内にいれば、作戦ははじまったとたんに終わってしまう。クローンのうようよいる宇宙船内ではテラナーも目だつとはいえ、ランドリン・ノラゴはとくに気にするふうはない。

　ハイブリッド・クローンは急ぎ足で進んでいく。次の通廊の交差点でほかのクローン数十名に出会い、かれらは合流した。すこしはなれてついていく男二名に注意をはらう者はいない。クローンたちはさかんに歓声をあげ、ノラゴを賞讃した。

アトランは、ペリー・ローダンとならんで歩きながら熟考状態に入った。しばらくクローンたちの名前のことを考えていると、付帯脳がふたたび語りかけてきて、ある情報をあたえた。

〈かれらはみなノラゴという。創造主の名だ。ノラゴがだれなのか、探りだすといい。一カンタロか、それとも科学者か？〉

男二名は、大声で叫びながら船内を駆けまわる大勢のクローンに追い越された。大部分はランドリンのようなハイブリッド・クローンだが、なかにはブルー族のクローンもいる。ヴィッダーの一員のイェリャッツのようにオムニ＝ブルー＝六〇〇シリーズに属するクローンだ。

「われわれ、最後か、最後から二番めだぞ！」ふたりの耳には、そのように聞こえてきた。「おい、うれしくないのか？」クローンたちはこれ見よがしにアルコン人とテラナーをつかみ、いっしょに連れていく。「偉大な任務を受ける、一〇四九年の最後の者たち。USTRACは、われわれのあらゆる希望の目標。とうとうわれわれも〝システム〟の正規メンバーだ！」

クローンたちは走り去っていく。ふたりはまたしてもとりのこされた。

「ほんとうによろこんでいるようだ」ローダンが小声でいった。「かれらは制約されているから、訓練されたことしかできない！」

「養育者を崇拝し、養育者のいうことならなんでもするんだろう」アトランがいいそえる。「かれらの熱意は、USTRACに着いたら終わるのではないか。かれらはトレーニング・センターに不穏をもたらすだろうから！」

「われわれにはまさにメリットですが、躊躇《ちゅうちょ》は許されない。カンタロがあらわれたら、すぐに行動しなければ！」

かれらは輸送船の司令室に到着した。群れをなしてパノラマ・スクリーン下部に殺到するクローンに紛れこむ。男ふたりを気にとめる者はいない。ここにいるどの生物ともまるで外見がちがうのに。ローダンは、居合わせる者たちをひとりひとり観察して安堵した。カンタロも制服姿の者もいない。メンタル安定性をすこしだけゆるめる。

〈注意を怠らないでくれ、ちび〉集中的に思考する。〈わたしの思考のなかに警戒のしるしがわずかでも生じたら、われわれをここから連れ去ってくれ！〉

複数のスクリーンに、第三惑星の青い大気圏がうつしだされた。輸送船は目標のトレーニング惑星に接近し、着陸準備に入る。それを見たクローンたちから、歓声があがる。自動機が作動し、エアロックのところに行って下船準備ができるまで待つようにとの指示が申しわたされた。クローンの大群が雪崩《なだれ》のように移動していく。男ふたりは、混乱に乗じて司令室の隣りのからっぽのキャビンに引っこんだ。ネズミ＝ビーバーがふたりを連れてかくれ場までジャンプすると、かれらはふたたびセランを身につけた。

3

アトランは、二キロメートルはなれた場所にそびえる建造物群をさししめす。

「USOの時代、あそこに訓練生たちを惑わす任務を持つ指令スタンドがあった。敷地内のプロジェクションを見透かして、精神力によって中程度のヒュプノ放射に抵抗できるなら、すこし頭をはたらかせれば入口は見つかる。開閉メカニズムを操作したとき、終了試験にパスしたことになる。セランが金属集中を認識しないということは、指令スタンドはもう存在しないんだろう」

「ときどき予期できない現象が起きるんだよね？」グッキーがなにくわぬ顔でたずねる。

アトランはにんまりした。

「たいてい、一イルトがUSTRACにいて、だれかの神経を逆なでしたときだな」

アトランは、ペリー・ローダンのあとを追って歩きだした。数歩先を行くローダンは、高さ三メートルのシダの藪のそばで足をとめた。注意深く枝を左右に分けて、丘の左にひろがる平原をのぞき見る。グッキーが輸送船からテレポーテーションしたのは、中心地からはなれた未開拓の地だ。目の前にある倉庫は、クローン全員の宿泊所であるゲットーの縁にあたる。クローンたちは、第三惑星で特殊トレーニングを受ける。防衛要塞がそなえる兵舎に似た施設を見れば、兵士として養成されることが察せられた。

「〝システム〟のための兵士か、なるほど！」ローダンは小声でいう。平原の上空を眺めた。大気圏低空の何カ所かに、メタル製物体がきらめいている。ゲットーを見張る監視ゾンデだ。

「意味のあるものを認識できるか、ちび？」かれはたずねた。「ブランのことを考えている者はいるか？」

グッキーはかぶりを振る。

「これからもそのこと気をつけてるね」

一行は藪のなかに身をかくし、すぐあとに倉庫から発進したロボット・グライダーをやりすごした。グライダーは遠くに消えていった。

USTRACの現状については、ヴィッダーのメンバーであるイェリャッツから聞いていた。イェリャッツは、かつてUSTRACのリハビリテーション・センターにいたが、二十一年前に逃亡して抵抗組織にくわわったブルー族のクローンだ。

クローンについての知識は、ヴィッダーのメンバーが徐々に探りだしたことにかぎられ、いくらもなかった。人工的に生みだされた生物たちは、世紀クローンといって、各世紀の四九年に、銀河系の全種族から人造された。たとえばオムニ＝ブルー＝六〇〇シリーズは五万個体、カンタロがアラスに依頼してつくらせたものだ。四九年がカンタロにとってどのような意味を持つのかは知られていない。ヴィッダーのデータバンクには、銀河系はこの年かならず洪水のようなクローンの大群に見舞われたという包括的なレポートがあるにすぎない。

抵抗組織ヴィッダーのはたらきで、クローン施設の遺伝子プログラムをうまく操作して、クローンの突然変異を生みだすことに成功したケースもある。この突然変異はカンタロの洗脳による影響を受けず、たがいにエンパシーおよびシナジーで結ばれ、ある程度の双子効果がある。ヴィッダーのなかで唯一の六〇〇シリーズのクローンでメンバーでもあるイェリャツは、いわゆる〝変異クローン〟全員が〝システム〟に対抗する反乱者になるだろうと確信している。

グッキーにいきなり手をつかまれて、ローダンは驚いた。次の瞬間、一行は移動し、ゲットーの見える場所に実体化した。ドーム形の建物のみがそびえる都市が目の前にある。広々した草原で、身をかくすものはない。ドーム上方に多数のシリンダー型マシンが浮遊している。その姿はどことなくカンタロを思わせた。

グッキーはすぐにまた、同行者とともにテレポーテーションした。こんどは建物の内部だ。ここでやっと、突発的行動の理由を説明する時間ができた。

「ロボット・グライダーが見えただろ、あれが赤外線ベースでぼくらを計測して、一ロボット・コマンドに警告したんだ。そいつは一クローンの支配下にあったから、やつの思考がはっきり読めた。だもんで、見つかる前に移動したんだ」

「ここも安全とはいえない」周囲をちらりと見て、アトランがいった。「近くにだれかいるか？」

「うん。そこらじゅうクローンが動きまわってる。一個体がしきりにブランに思いをはせてる。ヴィッダーの人たち、ぼくらの到着の準備、よくやってくれてるね」

「合言葉のことを考えてる個体がどれか、探りだせるか？」ローダンがたずねた。

ネズミ＝ビーバーは非実体化し、半分後に肥満型アラスを連れてもどってきた。ランドリン・ノラゴに瓜ふたつだ。

「ついてきてください！」男は口早に説明する。「ここにいるわけにはいかない。カンタロ・ロボットがこっちに向かっています。施設は閉鎖されます。ノラゴがまもなく到着するので」

「きみはだれだ？」アトランは平和をうのみにできず、問いかけるようにネズミ＝ビーバーを見た。

「かれはだいじょうぶ」とイルト。「名前はベンドル。ヴィッダーのメンバーだよ」

「合言葉はブラン」ベンドルがいいそえる。「急いで！」

かれは、出入口のひとつに向かって歩きだした。三名が速足であとにつづく。一行は、隣接するドームに結ばれた通廊まできた。壁は内側から外に向かって透明で、着陸態勢にある宇宙船が一隻、空中に見えた。

カンタロの乗る永遠の船。

「ノラゴか！」ペリー・ローダンが状況を読む。ノラゴはカンタロの指揮官であると同時に、一〇四九年クローンの一部を請け負っている。抵抗組織ヴィッダーが会合ポイントに送ってくれた情報の価値は高い。

ベンドルは、ドーム外側の小部屋に一行を導くと、シントロン・モジュールからの二、三の指示で転送機を作動した。

「この装置は三十秒後、これといったエネルギー放出なしに自壊します」かれは早口にいった。

めらめらと燃えるアーチの下部に全員が入ると、転送機はかれらを非実体化し、目的地に運んだ。

かれらを迎えたのは、武装クローン七名からなるグループだ。肥満型アラス数名のほか、妙にねじれた肩と異様に長く細い首を持つパリクツァ人のスプリンガー・クローン二名、トプシダーに似た体格のフェロン・クローン一名だ。

「合言葉は？」パリクツァ人のひとりが鋭い声でいった。「急いで！」

「ブラン！」ローダンが機敏に反応すると、ブラスターのレバーにかかる指の緊張が解けた。

「ほんとうだ」ベンドルがすかさず保証する。「守備は？」

「準備万端」コフェルと名のるパリクツァ人が応じ、ローダンに面と向かった。「タイムテーブルどおりです。どのような危険があるか、われわれ承知してます。準備はすべてととのってます」

室外のどこかで警報が鳴りだした。ヴィッダー・メンバーたちのベルトがあわただしく点滅する。

コフェルがののしりの言葉を口にした。

「やつら、予測よりずっと接近している」と、つぶやく。「こちらへ！」

＊

メタル製のフロアがめりっと音をたてて割れ、わきに飛んだ。コフェルはたくましい腕のひとつをすばやく動かす。ヴィッダーのメンバーは次々と開口部を通って下におり、三名の同行者をまんなかにして防壁のようにかこむ。力場フィールドが全員をとらえて落下を緩和したので、両足でふんわりと地に着いた。力場フィールドはすぐに消え、コフェルがグループの先頭に立つ。

ローダンはセランの走査機をオンにして、建物内部および周囲のエネルギー・プロセスをクローンに伝えた。

「裏切られた可能性はあるか？」とたずねると、コフェルはかぶりを振る。

「ありません。ですが、ゲットー内の安全対策は包括的です。カンタロはおのれの創造物を信用していないんで」

雷鳴のような音がして、メタル製の建物がはげしく揺れだした。どこかでぎいときしみ、天井の一部がはがれて落下してきた。男たちは跳ぶようにして安全な場所に避難する。ローダンとふたりの連れは、セランの防御バリアを作動させない。ゲットー内にクローン以外の何者かがいることを、追っ手に気づかせるわけにはいかないからだ。

状況は曖昧《あいまい》だった。カンタロ、補助種族、ロボットたちは、ヴィッダーのメンバーたちを追跡しているのか、それとも異人三名の潜入に気づいたのか？

ローダンはふと、コンビネーションのウエストにとりつけたマイクロモジュールを思った。これは自分を敵の探知から保護してくれるのか。それとも自分がＵＳＴＲＡＣにいることを、モノスやカンタロはすでに知っているのか？

だれかに腕をつかまれ、引っ張られた。アトランだ。知らずに足をとめていたらしい。グループは数手にわかれて、目の前の壁にある安全ハッチを開きにかかっている。ブロックされているため、かれらは武器で破壊した。

「ロボットと武装した者たちが四方八方から接近してきます」セランが同時に報告してきた。

コフェルの口から呪いの言葉が漏れた。

「第七十八セクション！」やや落とした声で告げる。「わかったか？」

「了解」仲間が応じ、向きを変えて走りだす。目標は、たったいま作動した反重力システムのシャフトだ。その基部からマシンが接近してくる。散乱フィールドが強力なので、戦闘マシンらしい。

シャフト出入口のわきの壁が一部、明るくなり、光のなかから何者かが出てきて一行に歩みよる。

「もう潮時だ。いまならまだ、訪問者たちを保護できる」

テラ出身の男は、ローダン、アトラン、グッキーに軽くうなずき、フィールド内にもどっていった。フィールドの明るさが変化し、ヴィッダーのメンバーがそこに押しよせる。かれらは被保護者たちを連れて入っていった。多数のクローンがのこり、シャフトから次々と湧きでてくるロボットから退却路を守っているのが、ローダンたちの目に入った。やがて転送ベースの搬送フィールドは消え、もはやだれも追うことはできなくなった。

「かれらはどうなる？」ローダンはあえて抗議したが、コフェルは無言でかぶりを振る。

「疑問はいだかないことです、ペリー。使えなくなったクローンをカンタロの手下がどうするかは、ひろく知られています」

逃亡する一行は、凍りつきそうな沈黙につつまれた。ふたたびくだり坂になったあと、ひとりが急ぎ足で先行することにした。不安な思いで数分間待つと、先行者はうれしそうな顔でもどり、

「橋があります！」と報告した。

反重力フィールドが一行をとらえ、水平方向に引っ張る。全員が開いたハッチに移動した。ハッチの向こうで、コンヴァーター内部のようにエネルギーが渦巻いている。グッキーが声を殺してうめく。

「なんだ、これは、コフェル？」アルコン人がたずねた。

「ゲットーのシントロニクス迷宮。ここまで追えるマシンはないし、システムに従順なクローンは防御装置を持ちません。これを所有するのはわれわれのグループだけです」

＊

シントロニクス迷宮は、ゲットー全体の司令センターだった。プロジェクターと防衛メカニズムからなる巨大な複合体で、コフェルによると、ＵＳＴＲＡＣの地表下部に位置するらしい。プロジェクターは、はかりしれないほどの数のシントロン・エネルギー

・フィールドを生みだす。迷路全体で百万以上のフィールドが存在するだろうとローダンは踏む。それらがセランのマイクロ装置を持続的に乱すので、ダメージを防ぐために三名ともシステムをオフにした。

ローダン、アトラン、グッキーはいまや、完全に同行者にたよることになった。ヴィッダーのメンバーたちは小型マイクロゾンデを手に持ち、いくえにも重なり合うフィールドを計測しながら、なるべくフィールドに触れないように進んでいく。かれらは反重力ベルトを利用し、二名ごとに訪問者一名をあいだにはさみ、迷宮内を運んでいく。

「いまいましい技術だなあ」ネズミ＝ビーバーがぼやく。「シントロン・フィールドからなる複合体では、セランを着てるとぜんぜん前進できないって、だれもいってくれなかったじゃん」軽いうめき声を漏らす。多数のエネルギー・フィールドが超心理能力に作用をおよぼし、それが苦痛だった。

コフェルはひかえめに笑って足をとめ、三名の訪問者を連れた仲間が追いつくのを待つ。

「前進はできますが、直進できないだけです」かれはうなるようにいった。「クローン・ゲットーの司令センターに、なにか変だとすぐに気づかれてしまうので。エネルギー・フィールドのちょっとしたダメージと、それによるシントロニクスのエラー通知だけで、われわれがどの方向に移動し、どこで迷宮をはなれたかが逐一わかってしまいます。心配はいりません。すべて考慮してありますし、ロムルスから詳細な指示をもらっています。あなたたちの置かれている危険については、承知しています。あなたたちがカンタロの手に落ちたら、あなたたちの終わりはもちろん、長期的にはおそらくヴィッダーの終わりを意味することになります」

「どういうことだ？」アトランがたずねた。

「じつにかんたんです、政務大提督！」コフェルは、またにんまりした。「カンタロと、あのいわゆるモノスってやつがあなたたちを従者や奴隷にしたら、ホーマー・G・アダムスはあなたたち相手に戦うか、それともデイトンのケースのように直接的な対決を避けるか。どうです？」

「なるほど」アルコン人は納得する。「かれは、ヴィッダーを有意義にリードできなくなるわけか」

「だから予防策を講じたんです。迷宮内では、盗聴されることはありません。USOの古い洞穴をいくつか見つけて、一連の技術装置を利用してます。ふつうならUSTRACに運ぶのが困難な装置ですね。迷宮から、われわれの目標である司令センターへ通じる転送機エアロックもあります。第二の転送機エアロックは、そこから洞穴のひとつに通じています。大勢のヴィッダー・メンバーが転送機エアロックを作動可能状態にたもつことに専念しています」

防御対策を講じてあるとはいえ、シントロニクス迷宮内の状況にローダンら三名は当惑させられた。あらゆるものをゆがめるヴェールを思わせるフィールドにかこまれて、施設の空間的サイズはぼやけてしまう。周囲は非現実的な印象をあたえ、ヴィッダーのクローンがいなければなにもできない状況は心地よいものではない。

シントロニクス迷宮のなかをすくなくとも一時間、苦労して前進したころ、コフェルがいくつかの指示を出した。どうやら次の目標ポイントが近いらしい。かれは作業用スーツのベルトにとりつけた小型キューブを観察する。各面にそれぞれ異なるシンボルがついており、三つのシンボルがつづけざまに光った。かれはうなずく。

「みんな通過しました」と伝える。「三グループすべて、通過です。偽のシュプールをのこして。二グループは、着陸した永遠の船をさしているので、ノラゴはしばらく忙殺されるでしょう」

「つまり、一時的に安全なんだな」ローダンが趣旨を読みとる。「どのくらい？」

「せいぜい数分だよ、ペリー」グッキーが口をさしはさむ。コフェルの思考を読んだのだ。「そのあと、ぼくら、司令センターに着くと同時に命の危険にさらされる」

「それほどひどくはないです」パリクツァ人がなだめる。

「すべて、あなたたちの安全のためです。エアロックは準備され、逃げ道にじゃまはいない。転送機のエネルギーは自給自足で、抜きとられる心配はありません。反応炉は、せいぜい偶然によるしか見つかることはないはずです。そうした偶然が起こらないよう、ほかの数グループがカンタロと配下のクローンやロボットたちの手を焼かせていますから」

「USTRACにいるヴィッダー工作員の数は、正確にはどのくらいだ？」ローダンがたずねた。コフェルは怪訝《けげん》そうな目で相手を値踏みする。すぐににんまりした。

「正確には知りません。すでにお会いになったテラナーに訊くことです。ヴェスターヅェレが拠点のリーダーで、ほんらいの任務の責任者でもあります。時間はすこししかありません。われわれ、すべてを予測し、最良の場所と時間を選んであります」

「いつだ？」

コフェルはクロノグラフに目をやる。

「二十三分後。キューブがたったいま受けた報せによると、ノラゴは下船し、司令センターに向かっています」

一行は迷宮内をさらに移動し、ぼんやりとした影に接近していく。しばらくして、それは制御ブロックだとわかった。まっすぐに立つ、高さ十メートル、幅六メートル、奥行き四メートルの直方体。上部の角から細い棘《とげ》のようなものがらせん状に横に突きでている。コフェルが近よると、装置は反応し、作動開始態勢と報告した。前面が開く。ほのかに光る転送アーチが徐々に構築されていく。同時に、直方体の周囲にピンク色のオーラが形成され、前部にひとつだけ裂け目ができた。

「ヴィッダーの技術リフォームです」コフェルが得意そうに説明する。「この装置は、われわれを転送したのち、装置自体も安全な場所に移動します。移動媒介は、隣接するシントロン・フィールド。そのさい司令センター外部でいくつか障害が生じますが、問題はありません。重要なのはただひとつ、センター内のカンタロたちに気づかれないことなので」

ヴィッダーがほんとうにあらゆる可能性を考慮したことを、《オーディン》からやってきた三名の訪問者はこのときやっと確信した。ローダンは、アトランとグッキーにうなずきかけると、開口部に向かう。コフェルが引きとめ、

「エアロックが開くまであと二分半あります!」と注意した。

4

司令センターは、クローン・ゲットーの中央にある。百棟の建造物からなる複合体で、小規模な宇宙港くらいの大きさの広場から星状にひろがっている。広場はふたつの異なる高さで区別され、内側の円形の部分が、外側のリング形の部分より高い。エリア全体は防御バリアにつつまれている。

建物や地面の開口部からゲットーのクローンがわんさと出てきて、リング全域に散っていくようすが、広場のへりにあるパノラマ窓から見える。かれらは、百名ずつのグループを形成していく。クローンたちの行動は、魂を持たないマシンと変わらない。円形の内部広場の開口部から多数のロボットがあふれるように出てきて、へりにいくつもの集団にまとまった。ロボットたちとクローンのあいだに大きな差異はない。かれらは、エリア中央への視野を遮断している。

アルコン人の表情がふいにこわばった。こぶしを握り、指関節が白く浮きたつ。

「あそこだ！」と、吐きだすようにいった。「ノラゴか？」

建物から一カンタロが出てきた。やや高い位置にある小橋を、百メートル先にいるロボットたちのほうに向かっている。

コフェルがかぶりを振る。

「クローンの教育を担当するカンタロのひとりです。権威を持つ者ではない。それに対してノラゴは……」

意味深長なセンテンスは途中でとだえた。

「都合のいい場所はどこだ?」ペリー・ローダンはたずね、アトランを見る。アルコン人はかろうじて感情をおさえている。最愛のバス=テトのイルナの死はカンタロのせいだと考え、憎悪しているのだ。

コフェルはカンタロのほうに目をやる。

「あそこのアーチになった建物、見えますか? あれが作戦の出発点です。小橋に向かってひとさし指のように突きでた場所、カンタロはあそこを重点的に見張ります。チャンスはそこです。われわれ、背後で策動します」

ローダンはイルトに視線を向け、「問題はないだろう?」と、問いかける。

グッキーは悲しげな表情になる。

「じつのところ、思いついてもよかったのに、ペリー。思考が読めなくなっちゃったし、ほかの能力も使えないんだ。司令センターはプシ・プレッサー・フィールドのもとにあるんだよ。覚えてるかい、当時のこと？　ここのフィールドは、あれと同じ構造を持ってはっきり感じる」

アトランは額にしわをよせた。

「NGZ四九〇年のことか、ちび？」

イルトはうなずく。当時《ハルタ》に乗船していたのは、ペリー・ローダン、レジナルド・ブル、エイレーネ、コヴァル・インガード、ベオドゥ、イホ・トロト、グッキー。パウラ・ブラックホールの過去の柱をへて、ブラック・スターロードを航行したさい、カンタロがスターロードをタイムロード、すなわち時間跳躍の手段として使用したらしく、ペルセウス宙域で解放されたとき、そこは過去、つまりNGZ四九〇年の銀河系だったのだ。

司令センター上部のフィールドは、あのときと同一だ。

「カンタロたち、銀河系をわが家のように感じているらしい」アルコン人が先をつづける。「いつかはわれわれもテラの聖なるホールにたどり着くと予期できただろうに。そのときには、とりわけネーサンに釈明してもらわなくては。モノスにもだ！」

〈思考の誤謬《ごびゅう》というもの〉付帯脳が語りかけてきた。〈モノスに集中してはいけない。モノスがテラのホールにいる悪魔だとすると、何度も耳にしたロードの支配者とはいったいだれだ？〉

この疑問に答えられる者はいないし、この情報のほんとうのところはだれも知らない。銀河系のどこを探しても、スターロードの支配者について多少でも知識のある生物はいないから。

モノスと同様、亡霊であるらしい。

あるいは、ガルブレイス・デイトンとジェフリー・アベル・ワリンジャーから細胞活性装置を盗んだ未知生物なのか。

一行のいる空間の背後で、シューッというかすかな音がした。訪問者三名は警戒して振り向き、アトランはブラスターを手にとる。だが、コフェルと配下のクローンが動かないのを見て、すぐに安心した。

それまで目に入らなかったハッチが開き、男一名と女二名が出てきた。男はすでに会ったことがある。女ふたりは瓜ふたつだ。

クローンか？

ローダンが歩みより、男に右手を差しだした。

「ヴェスターヴェレ」と、語りかける。「USTRACの命知らず！」

「すこし誇張がありますね」テラナーはにっこりした。年齢は八十歳くらいだろうか。ブロンドのショートヘアに、口髭《ひげ》をたくわえている。ごつい戦闘用スーツを着ているのに、か弱い印象がある。身長は一・七メートルもあるまい。

テラ生まれではないことは確実だ。それは女二名にもいえる。ヴェスターヴェレのかんたんな紹介によると、プロフォス出身の一卵性双生児だという。面長《おもなが》で蒼ざめた顔がまっ黒な頭髪にくっきり映えていた。

銀河系にテラの人間はいない。モノスが望まないかぎり、だれひとりとしてテラに行くこともテラから出ることもできないからだ。

「USTRACにおけるわれわれの時間は終わりました」ヴェスターヴェレがいった。「すべて撤退のための準備です。われわれが何者か、カンタロももう知っており、いたるところで狩られています。われわれがノラゴを捕まえようとしていると考えているので。だが、目下のところ、われわれの狙いはむしろ永遠の船を拿捕《だほ》すること、あるいはUSTRACの支配権を奪うことだと踏んでいるようです」かれは唐突な動作で、さっきやってきたハッチをしめした。「ノラゴは予定より四分早く到着します。急ぎましょう!」

＊

グループはわかれることになった。コフェルと配下の男女は、出動ポイント上部のギャラリーに見えなくなった。コフェルのグループでは、ベンドルだけが訪問者たちに同行する。ヴェスターヴェレと双子は、かれらとともに、装置である格子《こうし》のついた檻《おり》のある空間にやってきた。コフェルによると、転送機をそなえた射出キャビンだそうだ。居合わせるヴィッダーのメンバーに、一行はかんたんに紹介された。例外なく全員がクローン。人目につくことなく〝同胞〟たちのなかを移動して、工作員の任務をはたせるクローンたち。洗脳されて〝システム〟よりになっていないクローンたちをリハビリテーション・センターから解放することも、任務のひとつだ。

ベンドルは、窓がわりになっているパノラマ・スクリーンのところに同行者三名を導くと、外の広場をさししめした。クローンでひしめいている。ゲットー内のクローン全員が集まり、一群のロボットのほかにカンタロのグループもいくつかみられる。

「いまや、そのときがきました」ハイブリッド・クローンは説明し、頭の向きを変えてヴェスターヴェレを見た。拠点リーダーは、フィールド・プロジェクターを頭の上にとりつけ、不可視のマイクロフォンに向かって話す。数秒後に顔をあげた。

「はじめよう」と告げる。「永遠の船への襲撃を開始する。ここにいれば、効果はてきめんにわかる」

かれはスクリーンに歩みより、映像を凝視する。

ローダンの表情が陰った。

「クローンたちを砲弾の餌食《えじき》にするのは、われわれの意図するところではない」考えを小声で口にする。ヴェスターヴェレは目をまるくしてローダンを見た。

「そんなことはしません」やはり小声で応じる。「われわれ、プログラミングされていないロボットの一群を永遠の船に送りこみます。アルファ命令を受けたかれらは、いっさい妥協することなく船に到達する最速の方法を探します。あそこ、見えますか？」

円形フロアに立っていたマシンの一部が動きだす。ロボットたちはポジションをはなれ、一部は飛翔装置をオンにした。飛翔装置を持たないロボットは、徒歩で目標に向かっていく。ノラゴ歓迎のために集まった何千ものクローンが騒ぎはじめた。最初の歓声がやみ、一部のカンタロもばらばらに移動していく。ポジションをはなれた全ロボットの三分の一を引きとめるには、武力によるしかない。だが、マシンに向けて発射命令を出す者はいない。ロボットたちはエリアを去り、ふたたび静寂がおとずれた。

ヴィッダーのメンバーたちのかくれ場にシグナルが送られてきた。ノラゴはこのプロセスに動じることなく、司令センターに向かっているという。

出動ポイントのそばに複数のカンタロとクローンがあらわれた。破壊工作員を探しているのは明らかだ。ヴェスターヴェレは装置の一部を停止した。かくれ場は建物の設計図にはのっていないため、バリアのおかげで敵に見つかることはない。しばらくすると生物たちは立ち去り、ヴィッダーの拠点リーダーは、ローダンと同行者に向きなおった。

「あとせいぜい五分か六分です。円形フロアに到達する前にカンタロを捕まえなければ。われわれ、できるかぎりサポートします。細部の細部にいたるまで準備万端です。周囲で起こることを気にしないことです。コフェルはあなたたちからはなれず、襲ってくるものをすべて逸らします。カンタロに注意を集中して、やつからなにも被らないように気をつけてください」

「よかろう」ローダンは応じる。一カンタロを捕獲して危険のない場所に連行するための効果的な道具はまったく持ち合わせていない。だが、そのことは黙っていた。

「われわれに必要なのは、すみやかに撤退するための方法、つまり司令センターから脱出するための転送ゲートだ」アトランが補完する。「カンタロを連れてテレポーテーションするには、グッキーは機動性がいる。かれは最短コースで《オーディン》に運ぶ」

「手配ずみです。ノラゴを捕らえしだい、艦があなたたちを送りだし、われわれの地下避難所に着きます。そこからすぐさま宇宙艇の待機する空間に転送されます。宇宙艇はまだだれにも見つかっておらず、きっかり三分後に作動します」

こすれるような音がして、パノラマ・スクリーン横の壁の一部が開く。格子のついた檻に乗りこむよう、ヴェスターヴェレが訪問者に合図し、かれもベンドルとともにあとにつづいた。左下腕につけたアームバンド装置でコンタクトをとっている。

「あと一分半」と報告する。「ノラゴの正確な居場所がわかりました」

「ちがう、そうではない。なんてことだ！」アトランが声を張りあげ、パノラマ・スクリーンをしめす。外の物音がぱったりとやんだ。メタル製小橋の向こうはしに燃えあがった炎のカーテンに、全員の目が吸いつけられた。だれかがそこから出てくる。まちがいなくカンタロだ。同時にヴェスターヴェレが悪態をついた。

「あいつはもう追跡不能です。いつからあそこに転送機があるんだろう？　行きましょう、前進！」

かれの合図で格子のついた檻は動きだした。開かれた壁に向かって急速に進んでいく。その向こうにあった一種の遮光装置は、錯覚であることがわかった。檻はシャフトに入る。ななめに上昇するシャフトの上端にハッチがあり、接近すると横にスライドした。檻は弾《はじ》かれたように外に飛びだし、弾道曲線を描く。一行はスーツの防御バリアをすぐに作動させ、いかにもシンプルに機能するしくみを興味深く見守った。カンタロを警戒させるような大きなエネルギー放出はない。檻は小橋のそばの地面にあたり、小刻みに振動しながら停止した。弾けるようにハッチが開き、駆動装置によって一団はすばやく外に出た。

いまや成功は眼前にある。ノラゴは足をとめ、奇妙な乗り物をじろじろと見ている。ノラゴは鋭い笑い声をたてると、同胞に合図を出した。

＊

カンタロの周囲は、またたくまに死の炎につつまれた。ロボットたちが動きだし、現場に急ぐ。武器を持たないクローンたちは、これといってなにもできない。それでも、ノラゴを素手で守ろうとする。複数のカンタロがとめにかかった。なんの役にもたたないからだ。かれらは制圧され、武器の威力にしたがった。

危険に最初に気がついたのはローダンだ。視野のすみに、一機のグライダーを目にとめた。建物の上方にふいにあらわれ、高速で降下してくる。かれはセランに命じてマイクロ・バリアをオンにした。拘束フィールドがノラゴをつかむ。だが、カンタロは笑い声をとどろかせ、自由に動きまわっている。ほとんど感知できない防御バリアがその身をつつむ。

「気をつけろ、ペリー！」

アトランの声だ。アルコン人は駆けよるロボットの群れに弾幕を張る。数体が爆発した。同時にグッキーがかなり上方からノラゴに接近し、背後から捕獲した。カンタロの防御バリアが炎をあげる。

グライダーが空中から攻撃し、ローダンのからだが回転する。胸につけた高分子振動レセプタになんとか手をかけて作動させた。レセプタは、エネルギー・インパルスを放出しはじめた。カンタロの内部でインパルスが作用する。同時にローダンのセランと交信し、生物の性質に関する情報を保存した。

ノラゴは急に安定性を失った。からだがふらりと揺れる。同胞たちが駆けよって、武器で防御しながら押しもどそうとしている。

まさにそのとき、コフェルと配下の部隊が介入してきた。はげしく入り乱れた状態となり、かれがどこからふいにあらわれたのか、だれにもわからない。いつのまにかそこにいて、部隊とともにロボットの隊列に攻撃をしかけたのだ。グッキーが悲鳴をあげてすこしはなれた。ローダンに向かってなにかいったが、ローダンには手助けできない。アトランがちびをサポートするのを確認した。

爆発でテラナーは飛ばされた。セランの装置がぶーんと音をたて、スーツは着用者の位置を安定させようとはたらく。ノラゴが踏んばり、カンタロたちになにやら呼びかけた。

ローダンは、はっとした。高分子振動レセプタがカンタロの行動を阻害しているのだと気づいたからだ。

多数のビームがかれの防御バリアに命中し、負担が百パーセントに達した。からだを左右に動かす。それにより、カンタロはレセプタの影響領域からはずれた。即座に適切なポジションを探し、レセプタをふたたび作動させる。

「相手の防御バリアをオフにします」セランが告げ、レセプタのシグナルを調整する。

「ハイパー周波を解読しました」

「よし」とローダン。

カンタロの弾幕がはげしさを増す。グライダーは群衆に向かって無差別に発射する。ノラゴの周囲十メートルの領域だけが、射程からのぞかれていた。

このとき、カンタロの防御バリアが消失した。ヴィッダーのメンバーたちの発射したビームがノラゴに命中し、サイボーグのメタル製装甲に傷跡をのこした。頭髪は短く、頭皮は細いメタル製ストライプにおおわれている。力強い頬骨と角ばった顎のある、目鼻立ちのはっきりした顔。目につくほど両目がはなれ、古典的なかたちの高い鼻、下唇は上唇より明らかに厚みがある。ローダンには、カンタロが真正面から見えた。半有機生命体の顔を見て、血の気《ちけ》が引くのを感じた。

「ティフ!」声にならない声。「だが、あれは……」

グッキーが横にあらわれて、生じかけていた無気力を振りはらう。ネズミ＝ビーバーは友の思考を読んだのだ。

「ちがう」イルトが声を張りあげる。「ティフじゃない。だまされちゃだめ!」

かれはカンタロのからだをつかみ、セランの力で遠ざけた。

アトランはすでに多数のカンタロを破壊し、ロボットたちのあいだに爆発の連鎖反応を起こした。マシンによってエネルギー・ドームのひとつに拘束されたときは、憤怒の表情で抵抗し、やっとのことでヴィッダーたちに救いだされた。襲ってくるカンタロとロボットたちからヴェスターヴェレを守ろうとする多数のハイブリッド・クローンを援護しようと考えたが、むだだと見てとった。システム側のクローンの一団が、戦う集団にくわわり、混乱はいやがおうにも増した。友か敵かの見わけはつかず、カンタロたちの命令も意味を失った。ロボットは放射をやめる。だがすぐに、動くものがあればことごとく発射しろとの命令を受けた。

ローダン、アトラン、グッキーはこの小休止を利用する。コフェルがふいに横に出現し、配下のヴィッダーのメンバーとともに檻までの道を守った。ローダンはノラゴをうしろから押して進み、アトランとグッキーがつづく。檻が赤く光り、ヴェスターヴェレ、コフェル、ベンドルそのほかのヘルパーたちが背後にいるのをローダンが確認すると、すぐさまかれらは送りだされた。

転送痛は、ことのほかはげしかった。司令センターのバリアを通過して地下洞穴に移動したためらしい。

ヴィッダーのメンバーは躊躇なく動きだした。訪問者たちを非捕獲者もろとも、すぐ横にある転送機に送りこむ。カンタロは立つことすらできないようすで、うめき声を漏らす。カンタロをフィールドに押しこむと、次の瞬間、一行は小型宇宙船内部にいた。

「さあ、急いで！」アトランが呼びかける。「麻痺させるんだ！」

ノラゴは、全員を麻痺させられるくらいの量を投入され、床に膝をついたのちにくずおれた。それでも、これでだいじょうぶと考える者はいない。サイボーグの策略と悪意

について は知りつくしているからだ。

「腎臓モジュールを！」アルコン人は先をつづける。「調整セレクターを除去するんだ！」

「ちょっと、待ってくれ！」

ノラゴの声は弱々しく、顔はこわばっている。実際にジュリアン・ティフラーと似たところのあるカンタロは、手をあげようとする。

「だめだ」ローダンがきっぱりといった。檻で逃亡した全員が宇宙艇にいることを確認する。ヴェスターヴェレと双子姉妹だけが欠けていた。「グッキー、いますぐかれを連れて《オーディン》にジャンプしてくれ！」

ローダンは、高分子振動レセプタがたえずカンタロに向けられるよう注意をはらいながら、ゆっくりと胸部からはずしてネズミ＝ビーバーに手わたした。じつのところ、装置がほんとうに機能するとは思っていなかった。ノックス・カントルへの評価が大きく上昇する。将来、レセプタの持つ価値ははかりしれない気がした。

高分子振動レセプタによって、カンタロ体内のエネルギー・プロセスにほんとうに影響をあたえられるのだから。

レセプタとのコミュニケーションを受け継いだグッキーのセランが警鐘を鳴らす。

「カンタロは、同様な機能を持つ装置を所有しています。レセプタを操作しはじめました。気をつけてください。エネルギー・プロセスがしだいに明白に、しだいに強くなっています」

「後退！」ローダンは声を張りあげてさっと横に移動すると、一構造物の背後に身をかくした。グッキーがあとを追う。だが、手袋をはめた手に持ったままのレセプタがきらきら光りだし、ぶーんとやかましい音をたてた。かれが遠くにほうると、多数のシートのあいだに落下して爆発した。全員がスーツの防御バリアに守られていたおかげで人的損傷はなかったが、宇宙船はダメージを受けた。亀裂発生の報告が入る。

「まさにこれが、きさまらの望みだろう」カンタロが告げ、身を起こして一行の前に立った。

麻痺剤を短時間のうちに克服したのだ。

「きさまらの運命は、きさまら自身の責任だからな」

グッキーは、ローダンとアルコン人の手をとり、テレポーテーションした。実体化したのは、惑星間の空虚空間。ＵＳＴＲＡＣの大きな青い球が下方に浮いている。数万キロメートルはなれた場所で閃光がはしった。三名は瞬間的に目を閉じ、はげしく呼吸する。

「申しわけない、おふたりさん」グッキーがヘルメット・テレカムで語りかける。「ほかに方法がなかったんだ。ノラゴは、最後まで精神を百パーセント完全にコントロールしてた。やつの脳の有機部分には、無害なモノしか見つかんなかった。のこりは人工脳でやってんだな。高分子振動レセプタを操作して破壊したあと、すぐにやつの内部で死のインパルスが受信された。ガルブレイス・デイトンのときと同じものだよ。きみたちを安全な場所に引っ張るほかにどうしようもなくってさ。防御バリアがあるのに、だれも宇宙艇の爆発を生きのびられなかった」

「わかったよ、ちび。だれも非難などしていない」短い沈黙ののち、ローダンはいった。抵抗組織ヴィッダーのクローン二十名以上を失ったのは心にこたえた。USTRACにおける作戦は、あまりにも多くの犠牲者を出した。たとえヴィッダーのメンバーがそのことを最初から計算に入れていたとしても。できるとすればただひとつ、アリネット経由で報告すること。ヴェスターヴェレ、双子姉妹とのこりのグループを連れだすために。かれらがそれまで身をかくし通せれば、だが。

どれほど苦痛であっても、逆もどりはできない。作戦は失敗した。カンタロを可及的すみやかにUSTRACから追いはらい、惑星を死のインパルスから守る計画だった。だが、意図は挫折し、インパルスは軌道上までとどいた。

「あそこになにかがある」アトランがいい、第三惑星から宇宙の暗黒へと視線をうつす。「カンタロへの死のインパルスは、いたるところにあるらしい。ちび、カンタロ自身からではなく、外からインパルスがきたのは、たしかか？」

修辞的疑問だ。みな知りながら、なぜそんなことが可能なのかと不思議に思っている。

もうひとつは、ノラゴがジュリアン・ティフラーによく似ていたこと。たとえ偶然だとしても、モノスがペリー・ローダンにしかけるサイコテロによる心理的殲滅戦のもうひとつのパズルの一片といえる。

テラナーには、心配の種がひとつ増えた。ノラゴに会って、ジュリアン・ティフラーのこと、《ペルセウス》、《カシオペア》、《バルバロッサ》のクルーのことが思いだされたから。

《シマロン》と《ブルージェイ》がパルス・コンヴァーターによってクロノパルス壁を銀河系の方向にはじめて貫通したのは、一一四四年だった。その直後、ティフラーの遠征隊がシラグサ・ブラックホールに向けて出発した。ブラック・スターロードを利用して銀河系への道を探すために。

それ以来、遠征隊は行方不明になっている。

ローダンは、うるさい虫を追いはらうように頭を振る。

ヴェスターヴェレに報告する必要はあるまい。軌道上での出来ごとは、ヴィッダーのメンバーにも確認できたはずだ。

「《オーディン》にもどろう」小声で告げる。「われわれに、ここでできることはない」

5

「閣下、四光年はなれた場所でエネルギー流出があります！」

ペリー・ローダンはシートから跳びあがり、ホロドラマを凝視する。ノーマン・グラスのほりの深い目がこちらを見ている。《オーディン》の首席操縦士は病弱な印象をあたえるが、からだは健康だ。

「確認しよう」ローダンは応じる。「すぐそちらに行く！」

かれは、キャビンを出て司令室に向かった。ロロ・デッキに《カルミナ》を擁する《オーディン》は、もよりのアリネット衛星に接近し、近距離から交信した。USTRACにおける出来ごととそのなりゆきを知らせるものだ。ロムルスことホーマー・G・アダムスが数日中にことのしだいを知り、恒星インプロンの第三惑星にいるヴィッダーのメンバーを安全な場所に避難させる対策を講じてくれるだろう。アリネット・システムの衛星はシスタから二百光年の距離にある。メルツ型宇宙船はすでに百光年の距離に達し、秘密拠点シスタへの潜行航行に入った。

　ここで宇宙船はコースを変更する。ハイパー探知機がエネルギー流出を確認した方向に、メタグラヴ段階で三光年以上進んだ。司令室にきたローダンは、USTRACからもどってはじめて再会する同行者たちに挨拶する。エイレーネをハグし、アンブッシュ・サトー、ベオドゥ、サラアム・シイン、エンザ・マンスール、ノックス・カントルと握手をかわす。シナジー・ペアは高分子振動レセプタが破壊されたので上機嫌とはいえないが、かれにはどうにもできないことだった。

　ローダンはシートに歩みより、腰をおろした。

「シントロニクス、最新データをたのむ」

「探知データによると、戦闘中のようです。すくなくとも船舶ユニットが四つ、武器システムのうち三つは同一、四つめはテラの建造法によるものです！」

「人類の宇宙船！」グッキーが甲高い声をたてた。「やったね！」

「あわてるな、ちび！」とローダン。「罠だと疑ってかからなければ！」

「罠ではありません」ほぼ同時にシントロニクスが伝えた。「武器システム周波の本質的特徴から同定できました。《シマロン》です！」

「襲撃されているのか！」ローダンの声音《こわね》があがる。「救援に行く。交信をたのむ。注意、こちらローダン。これからそちらに向かう！」

　宇宙船からハイパー通信が送られた。それがほぼ同時に目標に達することを、クルーは知っている。

アトランはグッキーを呼び、《カルミナ》にテレポーテーションしてもらうと、すぐさま戦闘出動態勢をととのえた。グッキーは折り返し《オーディン》司令室にもどる。モジュール船はさらなるメタグラヴ段階を通して、戦闘領域の間近で通常空間に出た。

全磁力アンカーが切断されると、アトランは《カルミナ》をロロ・デッキから高速で離脱させた。宇宙船にそれなりの反動が生じた。アトランはすぐに攻撃に転じる。弧を描いて、敵に百度の角度から接近していく。

「カンタロだ！」ローダンが口にしたのはたったのひとこと。かれの手がシートの肘かけをぎゅっと握る。全員の目が自分に注《そそ》がれているのを感じた。《シマロン》は、こぶ型艦三隻を相手に、明らかに勝ち目のない戦いをしていた。

ローダンは、性に合わない大嫌いな行動をとることになる。友が危機に瀕しているからには、しかたがない。

「砲撃開始！」命令を出す。「敵を壊滅させろ！」

敵を斟酌《しんしゃく》する意味はない。ロボットではなくカンタロの乗る宇宙船を、拿捕することもできるだろう。だが、かれらは自身もろとも敵を爆破させる機会として利用するだけだ。

こぶ型艦を壊滅させる以外の決定は、なんの意味も持たない。

フィリル・ドゥウエルは、シントロニクスとともに均質な戦闘ユニットを統合する。武器システムは、かれのやりかたを宇宙船の制御シントロニクスと調整する。《オーディン》の搭載する武器という武器がいっせいにこぶ型艦めがけて発射された。カンタロは、それまでの唯一の敵を断念して、新参者に立ち向かうほかなくなった。おかげで《シマロン》ははさみこまれていた位置を抜け、攻撃しやすいポジションに移動できた。

「感謝する！」《オーディン》司令室のマイクロフォン・リングから聞こえてきたのはたったひとこと。音声デコーダーは、そのしわがれ声をレジナルド・ブルと判断した。カンタロは《オーディン》の正体をいち早く見抜き、かつてのガルブレイス・デイトンの旗艦であることを認識した。火力についての情報も得ていることはまちがいあるまい。

フィリル・ドゥウエルは、こぶ型艦二隻めがけて一斉射撃をかけた。敵は、ゆっくりとはいえ確実にそれまでの軌道から逸れていく。同時に《シマロン》と《カルミナ》が三隻めの敵船と戦う。《カルミナ》は猛禽《もうきん》よろしくカンタロに襲いかかる。小型船の全武器が敵船の一点に集中するのを、《オーディン》のカメラが明白にとらえた。こぶ型艦の動きは遅く、まず《シマロン》の射程から逸れた。それが命とりとなる。ビームの連射を受けてバリアが破裂し、《カルミナ》のエネルギーが船殻を引き裂く。宇宙船は破裂した。《カルミナ》はすぐさま向きを変え、《シマロン》とともに次の敵艦に攻撃をかける。

　二対三。戦況は最初よりはるかによくなった。武器システムをつかさどるブルー族は、鋭い雄叫《おたけ》びをあげると、サーモ砲のポイント砲撃で敵バリアの構造亀裂めがけて一分の狂いもなく正確にトランスフォーム砲を撃ちこむ。

「三対一の戦いがどんなものか、これでわかるだろう」アトランの声が聞こえてきた。カンタロ船にじかに交信しているのだ。応答はない。こぶ型艦は見こみのない状況を見てとり、壊滅をまぬがれるために逃亡に入った。

　生物が乗船している。ローダンは判断する。ロボット・ユニットであれば、破壊されるまで戦うはずだ。

　かれは、ノーマン・グラスに合図を出す。グラスは向きを変え、《オーディン》をほんのすこし後退させた。逃亡しようとする宇宙船の前部にエネルギー・カーテンを敷く。こぶ型艦には貫通できない。《カルミナ》をもっとも危険な敵と見抜き、そちらに向かった。

《シマロン》がチャンスを利用してこぶ型艦を攻撃する。エンジン部分のある船尾が破裂し、残骸となってふらふらと漂流していった。

「たったいま、交信がありました。最後に破壊した宇宙船からです」シントロニクス結合体が告げた。「伝えます！」

《オーディン》司令室のクルーは頭を起こして注意深く言葉を聞いた。インターコスモだが、カンタロ特有の訛《なま》りはない。

「そううまくはいかないぞ、敵よ。そうかんたんにはいかない、ペリー・ローダン！」

戦闘フェーズは終わったので、クルーがシートからはなれないようにするプレッサー・フィールドは消えている。ローダンは跳ねるように立ちあがり、サムナ・ピルコクの横に立った。

「姿を見せろ！」と呼びかけ、残骸と交信するよう通信士に合図する。「応答しろ！」

返事はない。

ローダンは、落胆と動揺の混じった気持ちでシートにもどった。コンビネーションのベルトに手をやる。かれをブロックすべきマイクロモジュールのある場所。ゆっくりと頭をまわしてアンブッシュ・サトーを見た。

「機能していないぞ、サトー。これではわたしの居場所が今後も知られてしまう！」

痩身で坊主刈りのテラナーは、かすかな笑みを浮かべた。

「ごまかされないことです、ペリー。ほんとうの原因はわからないので。調べましょう」

「で、わたしはどうなるんです、え？」ローダンの目の前で大声がする。顔を前に向けると、レジナルド・ブルがグッキーの手をはなしたところだ。「これが旧友たちからの挨拶ですかい?」

「長年会わなかったようないいかただな」ローダンが応じ、立ちあがってブリーをハグで迎えた。「われわれ、なんとかまにあったようだ」

「ほんとにそうです、ペリー。あなたたちがあらわれるまでの数分間ほど皮膚がちくちくしたことはないですぜ」

「厚い面《つら》の皮はいくらでもあるってのにな、でぶ!」グッキーが甲高い声を出す。「そんだけの分量を市場まで持ってくとしたら、大変なもんだね!」

レジナルド・ブルはネズミ＝ビーバーにおそろしげな視線を投げ、すぐにまた真顔になった。

「〝長年会わなかった〟ってのは、われわれの冒険にぴったりの表現ですぜ、友よ。われわれ、ペルセウス宙域からきたんですが、ヴィッダーの宇宙船とそこで出会いました。数回の交信とコード化されたメッセージで、ペルセウス・ブラックホールのところでなにかが起こったらしいというのがわかりました。ヴィッダーのメンバーたちが例のカンタロ罠の付近を偵察していることは、知ってのとおり。かれらはそこで、カンタロの攻撃を受ける宇宙船の小集団を発見して、かれらを支援したというじゃないですか。われわれ、すぐさまそちらに向かいました。そこでなにを発見したか、あててみてください。三回までオッケーです!」

　モジュール船司令室内に、期待に満ちた沈黙がひろがった。《シマロン》と《カルミナ》はすでに横にならび、《オーディン》に合わせて宙航している。アトランはホログラムで会話にくわわっていた。

　ブリーはくるりとからだをまわす。目は興奮してきらきらしている。とうとうグッキーがこらえきれなくなった。

「もったいぶるの、もうやめてってば。でないと……」そういうと、空を飛ぶまねをしてみせる。

　レジナルド・ブルは握ったこぶしをグッキーの眼前にかざし、

「わたしの思考をたったひとつでも読んだら、生涯をとおして悪夢にうなされることになるぞ！」と脅した。

「ブリー！」ローダンは友をなだめにかかる。「なにがあった？」

「わかりました」小柄な男はぶつぶついいながらもうなずく。「《ヤルカンドゥ》に遭遇したのですよ。ブラックホールを通過してきたそうです。アノリーの宇宙船ですが、一隻ではなかった。失われたと考えていた宇宙船三隻をしたがえていたんです！」

　爆弾がはじけた。一瞬、死んだような沈黙ののち、えもいわれぬ歓声があがった。ローダンが友の手をとり、強く握る。

「かれら、もどってきたんだな」小声でいった。「ティフはどうだ。元気か？」

ブリーはうなずく。

「よろしくといってましたぜ。船隊はブラック・スターロードを経由して銀河系にやってきました。《ペルセウス》、《バルバロッサ》、《カシオペア》の三隻はシラグサからネイスクール銀河に到達し、スクウルという四つの生命年齢の種族と出会い、さらにアノリーに会いました。最初のうちブラック・スターロードの建設者を自称していた者たちにね。それは事実ではないとのちに判明しましたが。アノリーはスターロードを継承し、管理していただけなので」

「では、建設者はだれだ？　かれらは、ネイスクールでもロードの支配者と呼ばれているのか？」

ブリーはうなずく。

「驚くなかれ、ですな」と、前置きして、「あちらに着いたらわかることがいくつかあります。《シマロン》は宇宙船四隻を安全な避難所に案内しました。あなたたちに報告するために、そこからまわり道してシスタに向かう途中、亡霊船に遭遇し、攻撃されたんです」

ローダンはアルコン人のホログラムに目を向ける。

「《カルミナ》をふたたび格納庫に」かれは決定した。「そのあと責任者は全員、わたしのいる司令室にきてくれ。《シマロン》は支障なく単独で宙航できるか？」

レジナルド・ブルは肯定した。援助がまにあったおかげで、宇宙船は大きなダメージを受けなかったのだ。

「よし。では、教えてくれ。行き先は？」

「エストラム星系。シスタから四十六・七光年の距離、進行方向は銀河辺縁部。第一惑星と第二惑星のあいだにアステロイド帯があって、身を守るのにもってこいの場所です」

「潜行航行で行く」ローダンはノーマン・グラスに伝えた。「《シマロン》のシントロニクスと調整してくれ。こぶ型艦三隻を破壊したことが気づかれないはずはない。すくなくとも、モノスは知っている」

6

おだやかな重力フィールドの吸引力によって、半月船内部にささえられて立つ。《オーディン》と《シマロン》もやはり、ふたつの惑星のあいだに一種の分厚い壁として存在するアステロイド帯に守られ、発見される心配はまったくない。クルーはすでにセラン防護服のヘルメットを開けて空気を吟味していた。ややスパイシーでエキゾティックな香りがある。

反重力シャフトの基部は、一空間の円形フロアにある。ペリー・ローダンは直径五十メートルと踏んだ。ホールはドーム形の天井を持ち、内部から光をはなっているように見える。潤沢な光のなかに抽象的シンボルが組みこまれ、どことなくケスドシャン・ドームを思わせた。

背後にある家具数点と一群のエキゾティックな植物が、部屋の構造をなしている。演台に通じる階段にそって椰子《やし》に似た植物が植えられ、燃えるような赤い花がこうべを垂らすように低く垂れている。演台は低めの手すりに囲まれていた。

不死者は、重力フィールドによって開口部から押しだされ、すぐそばの床におろされた。そのあいだに室内の状況を見てとる。アトラン、レジナルド・ブル、グッキー、エイレーネ、宇宙船三隻のクルー全員があとにつづく。昔からの仲間との再会が待ちきれない思いだった。

「ペリー！」

「ティフ！」

男ふたりは駆けよって抱擁する。力強い抱擁。ペリー・ローダンは強いるように相手から身をはなし、ほかの仲間に挨拶する。イルミナ・コチストワ……重労働のあとのように疲労して見えるのは、錯覚か？……フェルマー・ロイド、ラス・ツバイ、ニア・セレグリス、ボルダー・ダーンとかれのクルー。驚いたことに、ふいにダオ・リン＝ヘイが前に立ち、卵形のクリスタルを差しだした。

「アミモツオのクリスタルだ、ペリー・ローダン」と説明する。「完全なモトの真珠だ！」

一瞬、ローダンは両目を閉じた。

モトの真珠！　ファング・トロクが語っていた、《バジス》に関するデータがおさまっているという宝石か。カラポン人がこの情報を使って巨大宇宙船を再構築しようとしたという。

ローダンはこのとき、ミモトの宝石についてイホ・トロトから聞いた話も思いだした。ミモトの真珠、ミモトの宝石、アミモツオのクリスタル……頭のなかでとっさにオブジェを結びつける。カルタン人がわたしてくれたクリスタルの持つ情報には、はかりしれない価値があるのではないかと推測された。

ダオ・リン＝ヘイは、真珠を手に入れるためにハンガイ銀河のカラポン人のところに行ったのだろうか。

「とりあえず保持しておいてくれるか、ヴォイカ！」意図的に敬称で相手を呼ぶ。「シスタにもどりしだい、調査するつもりだ」

ローダンは周囲に目を向けた。地位と名のあるクルーはみな、《ヤルカンドゥ》に集まっている。全員と言葉をかわす。《バルバロッサ》船長のテフローダー、ヘイダ・ミンストラル、その横に立つフェル・ムーン。グリオル、プランタ、そのほかハンガイ銀河の生物たちもいる。いちばんうしろにずらりとならんでいるのは、《カシオペア》のコマンドクルーだ。グンドゥラ・ジャマル、ランドルフ・ラモン、ナジャ・ヘマタ、ガリバー・スモッグ、ノーマン・スペック、ティリィ・チュンズ、いちばん端が格納庫チーフのハロルド・ナイマン。

「われわれみな、きみに会うのが待ちきれない思いだった、ハロルド」ローダンが語りかける。「ハミラーはいまだにきみを要求するのだ。きみはハミラーの認可した唯一の

《バジス》船長だから。いまも瓦礫《がれき》の墓場にある宇宙船は、今後われわれにとってぜったいに必要だ」

「わたしの任務は《カシオペア》にあります」ナイマンが説明する。「わかっていただけないでしょうか？」

「もちろんだ、ハロルド。だが、よく考えてくれ。ハミラーはきみを待っている」

ローダンがジュリアン・ティフラーのところにもどろうとしたとき、大声で呼びとめられた。鉄のグンディがクルーの列をひろげたため、それまで気づかなかった人物が見えた。ドーム状ホールにふいにざわめきが起こる。急ぎ足で歩みよったローダンは、衝動的に抱擁する。

「歴戦の勇者！」ささやき声でいった。「きみが助かっていたとは。《ソロン》は破壊されたというのに！」

ニッキ・フリッケルは輝くような笑みを浮かべてティフラーをさししめす。

「ティフとかれの遠征隊が、シラグサ・ブラックホールの事象の地平線下部の微小宇宙で、瓦礫のあいだにいたわたしを救いだしてくれました。おかげでシラグサとペルヤウスのあいだにつながりがあることがわかり、アノリーがスターロードの再構築に成功したんです」

「生きのびたのは彼女ひとりだということを、ヴィッダーのメンバーから聞きました」

ジュリアン・ティフラーがいいそえる。「ガルブレイス・デイトンの悲惨な死のことも、かれらの報告で知りました」ここで声をあげる。「みんな、こっちへ。われわれの話を聞いてくれ！」

かれはできるだけ簡潔に報告した。シラグサ・ブラックホールを通過したこと、モイシュ・ブラックホールに着いたこと、アイスクロウをはじめとするスクルウのほかの生命年齢の種族と出会ったこと。ブラック・スターロード・ネットワークに関していえば、ギャラクティカーとNGC7331銀河の住民たちのあいだに、この段階ですでに解決できない見解の相違があったことは明らかだ。ネットワークのユーザーマップには、局部銀河群のところが白いしみになっている。この矛盾の解決を探している矢先に《ナルガ・サント》の残骸や、イル・シラグサとその同行者たちの子孫に出くわした。ティフラーは、女科学者の子孫二十万名、つまりイル人を自称する人々の住むターミナル・ホープの状況を描写する。

「真実を知ったときどう感じたか、イル・シラグサの大ファンだったボルダー・ダーンに訊いてみることです」ティフラーはローダンに向かっていった。「ですが、まだ濃密な結末があります。それは〝本人たち〟に話してもらうのがいちばんでしょう」

「アノリーか！」と、ローダン。

「われわれに同行した三名のアノリーです。銀河系に行く方法があるはずだとわかってもらうのにそうとうな時間を要しましたが、ついに納得すると、いともやすやすと意図を遂行できました。ひとつ、まず伝えておいたほうがいいかと。アノリー種族は深く動揺しています。かれらは、銀河系で起きていることを信じようとしない。でも、スターゲート〝はぐれ者の穴〟は存在します。ネイスカムのイディオムでいう〝アンタ＝ファイ・カンタルイイ〟です。最悪なのは、〝かれら〟の祖先はアノリーだということです」

このとき、ジュリアン・ティフラーの語る実際の内容を正しく理解したのは、おそらくペリー・ローダンだけだった。いや、せいぜいアトランが、付帯脳の助けを借りてある程度推測したくらいか。

ローダンはこのとき、鏡を見なくても顔が蒼ざめたのがわかった。

＊

三名のアノリーは、それまで不可視だったハッチから演壇に出て、ならんで階段をおりてくる。

アノリーの身長は二メートルから二・二メートル、痩身かつ華奢《きゃしゃ》なからだつき、細長い楕円形の頭は上部でうしろに反り、頭髪はない。顔は前面の下半分をしめるにすぎない。ペイルカラーのちいさなまるい目の下に、細くて長い、筋のとおった鼻、弧を描くちいさな口、官能的ともいえなくない唇。明らかに抑圧された気性が、それらの陰にある。顔だちは美しく、子供っぽさがある。無邪気さと高度な知識と知恵を混ぜあわせた感じだろうか。ほのかに光る銀色のコンビネーションを着用し、きらめくオーナメントにおおわれた幅広の黒いケープをまとっている。そばまでくるにつれ、つやつやした白い皮膚は半透明なのがわかる。とはいえ、静脈や筋肉、臓器が透けて見えるわけではない。

アノリーは階段の最下段で足をとめた。ジュリアン・ティフラーが名を呼ぶ。デグルウムとシルバアトは男、まんなかに立つガヴヴァルは女だ。わずかにためらってから、ローダンに歩みよった。

「われわれの故郷、銀河系にようこそ」ローダンがいった。

デグルウムはきらりと光る目で相手を査定してから、握手をかわす。

「《ヤルカンドゥ》の船内にようこそ、テラナー」かれは小声でいった。

「話してくれ！」ローダンは三名全員に向き会う。「はぐれ者について、なにを知っている？」

デグルウムが語りはじめた。種族の歴史を短く要約してから、〝カンタルイ〟と呼ばれるはぐれ者の敗残者たちのことを詳細に語る。かれらがまだ自分たちのからだで実験していたときのこと、やがて完全なサイボーグになり、もとの種族とは似ても似つかないものになったこと。次の内容は、ギャラクティカーにとって意外だった。あるとき、カンタロはイル人に出会い、銀河系のことや、ブラックホール経由で到達する方法があることを聞き知った。カンタロはこの道を追究し、スターゲートを通過した。それ以降、このスターゲートはアンタ＝ファイ・カンタルイイと呼ばれている。

「カンタロが一銀河の支配者にのしあがったのには、きっと理由があると考えています」とデグルウム。「たとえば、当銀河を滅亡から救うためとか。だが、かれらはわが種族の子孫。あなたたちの報告にあるような、武力を行使する征服者とか命を粗末にする者たちになるはずがない。カンタロはアノリーと同様、ほかの種族の命および個々の自由を守護します。かれら自身、進化の自然な方法に逆らうことに決めたのとは、問題がべつですから。

わが種族は、ブラック・スターロードの新マップは信用していません。これからも旧マップを利用して宙航し、あなたたちの銀河には二度と訪れない。われわれには、いますぐあなたがたをサポートするとはお約束できません。われわれがやってきたのは、カンタロの罪、というか無罪を納得してもらうためですので」かれは話を結ぶ。「われわれ、観察してどうするか決断をくだします！」

「こちらの期待する最小限だな！」アトランが応じる。「だが、将来については、それではたりない！」

「わかっています。カンタロは操作されたはず。それ以外に考えられないので」だれも反論しない。抵抗組織ヴィッダーがこれまでに得た知識から判断すると、大カタストロフィ後に局部銀河群を訪れた第一世代のカンタロはもう存在しないらしい。

とうとう動きだしたぞ。ローダンは、そう思いながら娘の肩に腕をのせてにっこりした。自身の客観的評価によると、真の黒幕に迫るにはカンタロによるしかない。サイボーグを捕虜にして得たものは、宇宙船の破壊でしかなかった。そこで、カンタロのもともとの出自であるアノリーを呼びよせたのだ。

「アノリー三名は、カンタロへの圧力媒体だ、ペリー」アトランが小声でいった。「確信がある」

「陰険なモノスですら、いぶかしむかもしれません」ローダンが応じる。「早急にシスタにもどりましょう!」

7

　シスタは、淡紅色の恒星ゴリング＝マートの持つ唯一の惑星だ。大きさは火星くらい。大気圏のない砂漠惑星で、平均気温は八十二度。ペリー・ローダンがこの惑星を思いだしたのは、惑星シシュフォスでの修理を終えたあと、あらたな拠点を探していたときだった。西暦三四三三年一月、かつてはシシュターと呼ばれていたこの惑星を舞台に、ローダンと超ミュータントのリバルド・コレッロとのあいだで、熾烈《しれつ》な戦いがあった。コレッロがホルバイン少佐の体内に五次元エネルギー爆弾をしかけ、太陽系帝国艦隊旗艦《インターソラー》の乗員ともども、ローダンを爆死させようともくろんだのだ。転送機事故にあったアラスカ・シェーデレーアが介入してローダンを救い、コレッロを追いはらった。

　その後、いつからかシスタと呼ばれるようになったこの惑星に太陽系帝国の施設が建設されたが、数百年前から忘れ去られ、だれの手にも触れられずに惑星地表下部に存在した。一一四四年の終わりに施設は増築され、ローダンはここを拠点とした。ヘレイオスやヴィッダーのメンバーたちから距離をおいて、自分や、直属の小部隊にとって重要なことがらに集中するのが、これで容易になった。

カンタロが抵抗組織ヴィッダーの基地惑星であるアルヘナを襲撃してくるか、あるいはヴィッダーのメンバーに包囲攻撃をしかけてくるのではと危惧されたが、どちらもなかった。しかし、モノスがおとなしくしている理由は不明だった。ローダンは、なんでもありうると踏んでいる。〝個人的な敵〟は相手を一撃で全滅させる好機を待っているだけ、という考えも除外できない。

どうしてそのような行動をとるのか？　モノスの行動に、どのような意味があるのか？　不死者は疑問に思う。

かれは、サーモ施設の観測シートをはなれた。この施設は、シスタの地表下部の全生命維持システムのベースだ。司令センターの広大なロビーにいる友のところに向かう。ほんらいの司令センターをぐるりととりかこむ数階建て構造だ。宇宙船はみな作動停止状態で赤道領域下部の岩石格納庫におさまっている。小型ゾンデ数個のみが地表および惑星軌道で作動し、地下施設の探知をサポート中だ。

アノリーたちは、ミュータントといっしょにいた。ローダンを待っていたらしく、デグルウムはかれの姿を見ると足早に近づいてきた。

「これまでのあいだに、ヴィッダーたちが知っていることを聞きました」かれはいう。

「カンタロの繁殖惑星のひとつ、またはいくつかを訪れて、われわれから分枝した種族の仲間たちと話ができれば、はかりしれないほどの価値を持つと考えています。指揮官と話せればいちばんですが」

「それは容易ではない」ローダンは、これまでカンタロ一名を捕獲する試みがことごとく失敗した顛末を報告した。死のインパルスのことを聞いて、アノリーはひどく動揺したようす。

「信じられない」かれは口ごもる。「かれらは、われわれの知るカンタロなのでしょうか？　それでもなお、やってみるべきかも」しばらくして、かれはいった。「ペリー・ローダン、わたしたちはカンタロの心に、かれらが持つはずの種族意識を呼びさましたいと願っています。どの種族も、種族特有の記憶を持っています。七百年という短期間にカンタロが忘れてしまうはずはありませんから」

「われわれもそう願っている」ローダンが応じる。

カンタロのリーダー一名を無傷で手に入れたいという願いは、以前にも増して切迫した問題に思われた。

デグルウムがなにもいわないので、ローダンはミュータントたちのグループに歩みよる。イルミナ・コチストワが、横に立つグッキーの手を握っていた。だが、ふいに手をはなして走り去った。

ローダンは驚いて、うしろ姿を見送る。

「彼女、どうしたんだ?」とたずねた。

グッキー、ラス・ツバイ、フェルマー・ロイドは答えない。ローダンはメタバイオ変換能力者のあとを追う。彼女はキャビンのならぶフロアに行き、自室キャビンのなかに消えた。ローダンはしばらくハッチの前に立ち、耳をすませた。なにも聞こえない。やがて開閉スイッチを作動してなかに足を踏み入れた。

イルミナはからだをまるめてカウチに横になっていた。目は閉じられ、ほとんど呼吸が感じられない。ローダンはカウチのそばに膝をつく。

「なにがあった?」と小声でたずねる。

イルミナの顔の一部は垂れかかる黒いロングヘアにかくれていた。彼女は髪を横に押しやり、ローダンの顔を射るように見つめる。百七十五歳という年齢とは思えないほど魅力的だが、明らかに老いがあらわれているように、ローダンは感じた。

「なにが……」もう一度いいかけると、イルミナはかぶりを振る。

「わたし、時間がいるんです」かすかな声でいった。「四時間か五時間もすれば、またたいじょうぶなので!」

「きみのからだ、どうかしたのか? イルミナ、わたしになにかできるか?」

「緊急事態となったら、細胞活性装置保持者ならだれでも、短時間なら力になってもらえます。でも、いいです。自分でコントロールできるので。わたしは、自分の人生を好きなだけ延長できますから、ペリー！」

彼女の声には、どことなく勝ち誇った響きがある。

「そんなこと、ぜったいにしてはいけなかったのに」ローダンは、ティフラーがなにげなくいったことを思いだした。「ニアはいつからきみの細胞活性装置を持っている？　かえしてもらうことはできないのか？」

イルミナはすっと身を起こし、心の平和を乱す相手を見やる。

「だれも保持していません！　友は、だれも！」

ぽんっとかすかな音がして、グッキーがあらわれた。ローダンの手をとり、ラスとフェルマーのところにテレポーテーションする。

「なんてことだ！」ローダンは、ふたりの顔を見てショックを受けた。なにがあったか、やっとわかったのだ。

「盗賊は活動中ってわけ。ジェフリーとガルブレイスにつづいて、こんどはイルミナがやられた」グッキーが小声でいった。「彼女、細胞バランスをうまくコントロールしてるけど、ブラックホールのスターロード通過飛行で、思った以上にまいったみたい。数時間休ませてあげなくっちゃ」

「もちろんだ」ローダンは暗い気持ちで応じる。「彼女の面倒を見てやってくれ」

＊

アンブッシュ・サトーは通常のコンビネーションを着用しているため、貧弱なからだと特別大きな頭のアンバランスがいやでも目についた。黒い頭髪は坊主刈りで、まんまるな頭蓋はハリネズミにも見える。ペリー・ローダンがメイン・ラボのセクションCにやってくると、身長一・六メートルのテラナーは期待のこもった目で見あげた。ここでは、超現実学者をリーダーに複数のチームがカンタロ関係の技術的諸問題にとりくむとともに、パルス・コンヴァーターの製造も手がけている。

「すこしのあいだ、きみの力を借りたい、サトー」と、ローダン。「時間はあるか？」

サトーはいつもするように軽く頭をさげてから、高い澄んだ声で、

「なんなりとお申しつけください、ペリー。いらっしゃると思ってました。真珠はそうかんたんに解けない謎を秘めていますね」

「ティフが真珠をすぐそばのラボに運び、ダオ・リンとともに計測装置をいくつか試作した」

「ごいっしょします」サトーは、ローダンが入ってきたハッチのほうに歩きだす。ふたりは、ジュリアン・ティフラーとカルタン人がモトの真珠と呼ぶクリスタルのあるラボに向かった。ダオ・リン＝ヘイは、浮遊する砲架の分岐ホルダーに、それを固定した。

モトの真珠は、形といい大きさといい、ダチョウの卵にたとえられる。縦十四センチメートル、幅八センチメートル、見た目には、無数のファセットを持つブルートパーズ色のクリスタル。ファセットの数は六万五千五百三十六。各ファセットは、同数のマイクロファセットを持つ。マイクロファセットはすべて、データキャリア・ユニットになっている。

ローダンとサトーはまず、ホルダーの周囲を一周して、クリスタルを仔細《しさい》に眺めた。形やファセット構造は、イホ・トロトが描写したミモトの宝石と一致していた。

「準備はできている」とカルタン人。「実験装置は《マーラ・ダオ》船内とまったく同じだ。真珠のしくみは比較的かんたんだ。特定のコードのみに反応し、一秒に五十万のパルスシーケンスを放射するハイパー送信機だ。あとはハイパー受信機を適切な周波数に調節できれば、この実験用セットアップの短距離内ですべてのデータを受信できる。どのファセット、またはどのマイクロファセットにコードを送るかによって、該当するファイルのデータが得られる」

「驚きですね。というのも、ある意味、管理者の不完全さをしめしているので」アンブッシュ・サトーがすかさず口をさしはさむ。「通常は個々のファイルに、マイクロファセットの内容をリストアップしたパスワードひとつがあるはずなんですが。全ファセットが正確にどのように機能するか、概要のようなものはありますか？」

「ない！」ダオ・リン＝ヘイは意気消沈したようすでいった。「ほとんどのファイルおよびサブファイルは、実際にパスワードに反応すると考えられる。われわれの作動システムによってこれまでほんのわずかなファイルにしかアクセスできなかった理由は、ほかに説明がつかない。どんな考えがあったのかは、エラートにたずねることだ！」

「エラートか、なるほど」ローダンが応じる。テレテンポラリアーとその同伴者のテスタレについては、もう長いことなにも聞いていない。「エラートがクリスタル・メモリー全体に責任があるのかどうかも、おそらく知らないんだな！」

「そのとおりです」とジュリアン・ティフラー。かれが合図をすると、ダオ・リン＝ヘイは実験装置をオンにした。小型ハイパー送信機が作動し、単調でかすかな、こすれるような音が聞こえてきた。ハイパー受信機から声が響きだす。インターコスモだ。

「わたしの名はエルンスト・エラート。〝アムリンガルの時の石板〟のアブストラクト・メモリー内にある個人データ・ファイルを開いたところだ。アブストラクト・メモリーは異言語でアミモツオと呼ばれている。これから、わたしの身に起こる出来ごとをレポートする。いまはアムリンガルにいるが、もうすぐここを去るつもりだ。目的地はわたしの故郷である惑星テラ……」

　メロディアスなチャイムとともに、受信機のモニターが明るくなった。ローダンとサトーの目に見えるのは、星のひとつもない虚無のなかに浮かぶクレーターだらけの不毛の天体。一ブラックホールの事象の地平線の背後に位置するアムリンガルだ。過去の柱がそびえたつ場所。

エルンスト・エラートは、アムリンガルとキトマについて報告しているが、表面的なものだ。ローダンと同行者がアムリンガルを訪れたときに発見したかれの報告も、非常に短く謎めいていた。エラートがせめてこのファイルで過去にもっと迫ってくれればよかったのに、とローダンは残念に思う。たとえば、謎につつまれた時の石板。そこには、〝年代記作者〟そして超越知性体〝それ〟が関係していたと記されている。時の石板が破壊されたときの状況を知るためにも、大きな手がかりとなったはずなのに。

エラートの報告では、こうしたことにいっさい言及していないばかりか、宙航の方法や継続期間についても説明がない。クリスタルを破壊する特定のハイパー周波数について警告し、クリスタルを開くためのデータを伝えている。

報告は、テラの衛星とその内部の映像を背景につづく。映像はネーサン内部で展開する。クリスタルについて語るのは、エルンスト・エラートとガルブレイス・デイトンだ。

会話を聞いて、ローダンは耐えがたい気持ちだった。エラートの発言は非常にひかえめで、デイトンは懐疑的。それでもなお、かれはクリスタルがルナのハイパー・インポトロニクスの一入力ボックス内に置かれたことには同意している。ネーサンがクリスタルの分析評価を終えたときの反応は、まったく予想外だった。テラと人類は危機に瀕しているから、保護して救援を呼ぶためにできるかぎり手をつくさなければならないという。エラートの発言はそれだけで、デイトンに詳しい情報をあたえるつもりはないらしい。

「ストップ！」ローダンがいうと、ハイパー受信機のシントロニクスがデータ再生を停止し、データフローを保存する。ローダンはティフラーに向きなおり、

「ガルの心がいらだちでいっぱいだったのに、気づいたか？」と友にたずねた。「逸脱の基礎は、このときすでにできていたのか」

「おっしゃることはわかる気がします、ペリー」ティフラーは非常に真剣な表情になる。

「ネーサンとテラナーの関係は、かなり前からこじれていたはず」

「すくなくとも、カンタロの下準備となる道を敷く展開が、当時すでに導入されていたことになる。それにしても、ネーサンがクリスタルの情報を認識しただけで、抵抗せずにそれを信じたのはなぜだろう？」

「当の本人に訊かなければわからないでしょうね！」

ローダンは、ファイルをふたたび再生させる。アンソン・アーガイリスのマスクをつけたヴァリオ＝500がモニターにあらわれた。ネーサンの呼びだしたロボットは、ネーサンから任務をあたえられる。任務は誤解の余地のないほど明確なもの。《バジス》を訪れて、大型宇宙船をいますぐ分散化せよとの命令をハミラーにあたえること。

デイトンの愕然とした反応は、人類の立場から、わかりすぎるほどよくわかった。ネーサンの返事はどうかというと、ルナの脳にとって人類の問題などどうでもいいと受けとれるものだった。

当時、なにが起こったのか？

エラートの説明は、これまで語ったものと同じく曖昧だ。

「ネーサンは理性を失ったわけではない。重要な新データを受けとっただけ。時が満ちれば、なにもかも説明してくれるだろう。それまで辛抱しなければ」

エラートがルナを訪れたときの報告のあと、《バジス》の分散化を報告する映像がつづく。アーガイリスが《バジス》に到着し、ハミラー・チューブを訪れてネーサンの命令を伝える。ハミラーは異議を唱えることなく命令を認識し、全乗員に予告することなく、即座に《バジス》を個々のパーツに分散化した。

おや？　と妙に思うのは、ヴァリオ＝５００が《バジス》に接近していくのにだれも気づかず、目撃されずに船内に忍びこんだという事実だ。ハミラー・チューブとの出会いにも、クルーはまったく気づかない。

「エラート自身の目で見たのではなく、映像で進行するようにかれが想像しただけというのは明らかだ」ダオ・リン＝ヘイがいう。「つまり、エラートの思考プロジェクションということ」

ローダンはかぶりを振り、サトーのかすかな笑みを見つめる。

「惑星サバルでのゲシール誘拐が偽造されたのと同様な、超現実？」超現実学者が疑問を投げかける。「いいえ。わたしはそうは思いませんせん。現実でしょう。ティフ、あなたもわれわれと同じく、情報を持っていまね。再生したハミラー・チューブがこのようにに行動したことはわかっています。わたしには偶然とは思えません。エラートがあとでハミラーに会ったか、あるいは事情を知る者から報告を聞いたということも考えられる。エラートが旅の途上でそれ以来ルナを訪れていないとすると、問題となるのはヴァリオ＝500しかありません」

エラートの宙航日誌の次の部分には、カルタン人が登場する。エラートは高位女性に人類への協力を願い、《ナルガ・サント》が動きだす。エラートはネーサンの要請に完全に即して、人類への協力をもとめた。だが、カルタン人に関しては、かれの願いはかなわない。宇宙船の針路およびクリスタルのことで対立が生じ、アミモツオはふたつに割れた。エラートはその片方を救い、安全な場所にもたらした。もうひとつのかたわれは、カルタン人の世代船が分割したときにブラックホールに突入しなかった部分、つまり《ナルガ・サント》の五分の一にのこされた。エラートの記録は、小型宇宙船で逃亡するところで終わっている。かれがその後どうなったのか、モトの真珠がどうやってカラポン人の手に落ちたのかは不明だ。かれが驚くべきメモリーをどのように入手したのかということも、〝星間放浪者〟の宙航日誌は解明していない。

「あれはクリスタルの破片から引きだされたファイルだ」ダオ・リン＝ヘイはとりあえずハイパー受信機をオフにした。実験装置は作動させたままだ。クリスタルはさらに情報を出すよう、なおも刺激を受けている。「説明に関して、いくつかヒントを出そう」

ダオ・リン＝ヘイは、《マーラ・ダオ》のクルーと自分の体験したことをくわしく話した。モトの真珠を所有するまでのこと、もうひとつのかたわれを探しもとめてついにこれも手に入ったとき、《ナルガ・サント》船内でおこった劇的な出来ごとのこと。

クリスタルから知識を引きだすその後のくわだてには、これといった成果がなかった。ファイル一個が見つかり、シラグサ・ブラックホールを数学的にとりあつかっているため、カルタン人はシラグサ・ファイルと名づけた。それはなにものかが実施した計算の結果であり、そこから超複素変数を持つ十六の非線形微分方程式からなる公式が得られた。これらの公式は名も知らぬ個人の努力の成果といえる。ファイルの冒頭には、一概念あるいはファイル名として、〝イトラ〟と記されていた。イトラとは、ブラックホールの制御ステーションの名前であると同時に、中央制御ユニットの名前であることがのちに判明した。ダオ・リン＝ヘイは、ファイルの内容を利用して、銀河系への道が開けるようブラック・スターゲートをプログラミングしてみた。しかし、有用な成果は得られなかった。スターロードが利用できるようになったのは、ティフラーの遠征隊やアノリーと合流してからだ。

ジュリアン・ティフラーとダオ・リン＝ヘイは、完全になったアミモッツォから情報を引きだす試みを、その後もつづけた。割れたふたつの部分をもとどおりに合わせたので、エラートの宙航日誌のつづきが見つかると考えていたのだ。最初の成果があったのは、カルタン人がエラートの最後の記録を調べていて、〝ＡＳＨＤＯＮ－３５８７－ＥＳ〟というパスワードで追加ファイルを見つけたときだ。クリスタルが割れたあとにエラートが保存したこのファイルは、ふたつの部分をくっつけたときにどこかに紛れこんでしまっていたらしい。ダオ・リン＝ヘイは、サブファイルをなんとか整理して、意味のある情報を見つけることに成功した。

エラートは、《ナルガ・サント》から逃亡したのち、ほんらいの任務を思いだした。結局むだでしかなかったのに、銀河系へのサポートを得ようとして時間を使いすぎたことに気がついた。ほんらいの任務は、ぜんぜんべつのことだったのだ。

おのれの任務については要約せず、ゲシールに関係のあるミッションだと表明して、関連するべつの一ファイルを示唆《しさ》した。ペリー・ローダン個人に宛てたものだという。ゲシールの黒い炎に言及し、ゲシールの件をピンポイント的に解明すると字義どおりに語った。

それが、エルンスト・エラートの最後の記録。ジュリアン・ティフラーとダオ・リン

＝ヘイは、それ以上はなにも見つけられなかった。

妻の名を耳にして、ペリー・ローダンの顔に緊張がみなぎる。エラートはゲシールを探しているのか。もしかすると、もう見つかったのか。個人ファイルに、さらなるヒントがあるのか？

「サトー、手を貸してくれるか？」とたずねる。

「もちろんです。そのためにきたんですから」超現実学者はにっこりした。「でも、忍耐が必要です。まずはシナジー・ペアに協力をたのみたいので」

＊

エンザ・マンスールは、眠っているノックス・カントルを起こした。カントルはがばっと起きあがり、ねぼけまなこで彼女を見る。

「なんだ、いったい？　なぜきみがわたしのキャビンに？」ぶすっとした表情でたずねる。「ここに泊まるつもりかい？」

「バカなこといわないで」エンザが叱りつける。「サトーがすぐきてほしいそうよ」

「休息時間が終わるまで待ってもらおうじゃないか。じゃあな、おやすみ！」

ノックスはあおむけになって毛布を首まで引きあげ、壁のほうを向いた。

「ペリーもわれわれが必要なの！　ゲシールのためなんだから！」

ノックスからはなんの反応もない。業《ごう》を煮やしたエンザは、ベッドの上にかがみ、ブランケットをつかんでがばっとはがす。すぐに目をまるくして悲鳴をあげた。あんまりだ。あわててブランケットをノックスのからだの上に投げ、ハッチに向かった。

ノックスはようやく頭をまわして目を開ける。

「なんだよ?」うなるようにいった。「どうしろってんだ?」

「寝るとき、服くらいちゃんと着てよ」エンザは愚痴る。「女性に対してそんなの失礼でしょ?」

「どうでもいいよ」ノックスは、ブランケットをからだに巻きつけて立ちあがった。

「二分で支度するから、外で待ってろ!」

エンザはほとんど逃げるようにキャビンから出ていった。ノックスが通廊に出ると、彼女はかなり先の分岐のところに立っている。頭を垂れて、両手をこぶしに握って。ノックスが前に立つと、彼女は顔をそむけた。

「わざとやったんでしょ?」

「きみがいうなら、そうかもな。でもきみじゃなくて、愛する人を待ってたのかも」

エンザは答えない。からだがこわばるのが感じられた。かれがほかの女とつきあっていようがいまいが、彼女にとってはどうでもいいことだった。かれがプレイボーイでないことはもちろん、裸で寝ていたからといって、そこになんの意味もないことはわかっている。実際には、疲れていて、洗濯ずみのパジャマをランドリーまでとりにいけなかったにすぎないのだから。

ふたりは無言のまま、ならんでメイン・ラボのセクターCに向かった。カルタン人とテラナー三名の待つラボに足を踏み入れたときも、エンザ・マンスールはなにもいわず、険しい表情で実験装置を凝視した。

ペリー・ローダンの問いかけのまなざしを受けて、ノックス・カントルは肩をすくめた。またしても不機嫌なパートナーと一日を過ごさなければならないのか。嘆息しながら運命を受け入れる。いつだってこの険悪な状態が、すみやかに目標を達成するための最良の前提条件だということが経験からわかっていたから。

シナジー・ペアは、実験装置をひとまわりしながら、浮遊するクリスタルを観察する。エンザの目つきがしだいにおだやかになり、最後に腕を宙に伸ばした。

「すばらしいわ！」感激を口にする。「クリスタルはすばらしい。増強されたホワルゴニウム・クリスタルですね。われわれの利用するホワルゴニウム記憶クリスタルには、六万五千五百三十六のミニチュア・モジュールがありますが、それだけです。ところがアミモツオの各記憶モジュールは、さらにまたそれだけの数のファセットを持つんですね」それからアンブッシュ・サトーに向きなおった。「アミモツオについて知っていることはありますか？　真珠のなかに、宇宙全体の知識が詰まっているんでしょうか？」

「そうではなさそうですよ、エンザ」超現実学者が応じる。「まずは、各ファイルにはたらきかけるシステムがあるかどうか、探りだしてほしい。それか、ファイルをリストアップしたカタログを見つけてください」

「朝めし前です」ノックスは真逆の返事をした。「最低でも十時間あればいい。それまで、これとわれわれだけにしてもらえますか」

　サトーは頭を軽く垂れ、

「その望みはかなえましょう。きみたちだけここにのこす。ですが、あまり時間をかけすぎないこと。ペリーは、ゲシールの行方の手がかりをつかむために、プログラム・メモリーの機能方法を知る必要があるのです」

　超現実学者が合図すると、ほかの人々はラボを出た。通廊にそってゆっくりと歩く。

「誤解しないでほしいのですが、ペリー」サトーはいった。「クリスタル・メモリーがどのように機能するかがわからなければ、個人ファイルをかんたんに開くことはできないと考えられるので。エラートは、あなたへのメッセージをたくみにかくしたうえ、セキュリティ・ロックをほどこしたと思われます。まずはふたりに探してもらい、成果が得られなければ、われわれのやりかたでやってみましょう」

　ペリー・ローダンは深く考えながらうなずく。

「もちろんきみのいうとおりなのだろう、サトー。では、遅くとも十時間後にここで」

8

「拠点に異状があるはずはないだろう？」

「もちろんだ、ヤルト」ヘルメットから返事が聞こえてきた。「搭載艇格納庫にいます。ここは異状ありません！」

「いやな予感がするんです、アトラン。あなたも経験があると思いますが、胃のあたりがちくちくするんで。どんな事情かはわかりませんが、シスタに着いてから、ずっとなんです」

「外交官とデスクワークのやりすぎだな」アトランは笑った。「慣れない新しい任務だから、気疲れするんだろう。惑星に大気圏がないせい、ということもある。地表で呼吸できないことに、気を向けすぎではないか？」

「もちろんちがいます。でも、おっしゃるとおり、地表を歩いてみるのも悪くないかも、ですね。あなたもどうです？」

「いまは時間がない。ペリーがクリスタルにとりくんでいるので、拠点の指揮権はわたしにある。だが、きみにつきあえる人物がいるぞ。格納庫で待っていてくれ。至急そっちに行ってもらう」

「了解しました。では、のちほど。もどりしだい連絡します！」

アルコン人の返事を聞いてから、セラン姿のヤルト・フルゲンは格納庫内をななめに浮遊した。一分とたたないうちに、特製セランを身につけたちいさな姿が視野に入った。フルゲンは、ハローと元気よく挨拶する。

「外に出てもとくにおもしろいものはありませんが、それでも地下でぶらぶらしているよりはいいんで」かれはネズミ＝ビーバーに語りかけた。グッキーは一本牙《きば》を見せてからセランのヘルメットを閉じる。

「教師ぶらないでよね、プロフォス人」持ち前の高い声でいった。「ぼくと手をつないで移動することになるよ。用意はいい？」

フルゲンはにんまりして手袋をはめた手を差しだす。グッキーがつかむと、すぐにふたりは非実体化した。惑星シスタの埃《ほこり》っぽい砂漠が眼前にひろがった。あっという間に足のくるぶしまで土のなかに沈む。頭上の天空は墨のように黒く、淡紅色の恒星ゴリング＝マートが鋭い影を落とす。その向こうと、惑星の地平線の方向にはっきり見える微小な光点は銀河系の星々だ。

「太陽系まで四千三百十二光年」ヤルト・フルゲンがふいにいった。「だけど、距離は無限みたいに見えますね」

　大股に速足で歩きだす。重力がちいさいため、ウサギがぴょんぴょん跳ねるのに似ている。グッキーはゆっくりとあとを追う。

「ジェネレーターをオンにしたらどう？」イルトが提案する。「ふわふわ浮く感じと、わずらわすもののない軽快な感じを楽しむんだ」

「だめです」フルゲンがすかさず応じる。「そんな気分ではないんで。いやな予感がするんですよ。それがなんなのかわからないだけで。最初っからなにかを見落としているような感じ。ほかのみんなも見落としているものを」

「テラにホームシックなんじゃないかい、ヤルト？」

「そんなことを訊くなんて！　わたしはヴィッダーの一員です。銀河系を解放して、やがてはテラを解放するために戦っているんですよ。デイトンが亡《な》くなったのが悔やまれます。いろいろ役にたつ助言をもらえただろうに」

「だからこそ、死ななきゃならなかったんだよ。きみさ、不死者じゃなくってよかったじゃん。ぼくなんか、惑星表面を防御なしに散歩するだけで危険なんだぜ。次の瞬間に謎の盗賊がふいにあらわれて、細胞活性装置を持っていっちゃうかもしれないだろ」

「わたしが防御しますよ、グッキー！」

　ヤルト・フルゲンの足がふいに地面からはなれて、軽い悲鳴が漏れた。すぐに笑いだす。グッキーがテレキネシスでかれのからだを浮遊させたとわかったからだ。フルゲンは十メートル、二十メートルと上昇していく。距離計が百メートルをさしたところで、かれは交信した。

「もう充分です、ミスタ・ネズミ＝ビーバー。景色は最高ですが、胃のあたりのもやもやはぜんぜん弱まらないので。あれ、どこにいるんです？」

「きみと同じ高さの、三十メートル前方だよ」

なるほど、前方にしみのようなものが見えた。グッキーもかれと同じく無大気の空中に不動で浮いている。それからイルトは接近してきて、目の前でとまった。セランを着た脚を組んで、あぐらをかいてすわった格好だ。

「怖くないかい？　小型ゾンデから発射されて、セランが最後の瞬間になってやっと認識するとか」と、たずねてきた。

「ないです」ヤルトはきっぱりと答えたが、アトランがよこした同行者はテレパスであることに、ふと気がついた。「なにを考えてるんです？　わたしの思考はわたしの自由でしょう。精神科医もいりません！」

「おい、おい。だれも悪く思っちゃいないさ。ぼくがきみの思考を嗅《か》ぐとでも思ってんのか？　ほんじゃ、あばよ。きみはここに詳しいんだし！」

テレキネシスがいきなり消えた。グッキーはテレポーテーションし、ヤルト・フルゲンのからだは石のように落下していく。プロフォス人は反応しない。セランが自動的に機能して反重力フィールドを構築したからだ。かれのからだは、羽根のようにふんわりと地上まで下降して、両足で着地した。しばらく周囲を見たが、動くものや影は見えない。セランからの報告もない。シスタ地表は索漠として、生物の姿はない。

「ちびさん、どこです?」呼びかけたが、返事はない。もよりの昇降エアロックの位置を防護服のピコシンにたずね、むっつりとしてそちらに向かう。自分自身にも、周囲一帯にも不満をおぼえた。もやもやした気分がいっこうに晴れない。

偽装された乗員用エアロックまできて開閉コードを送信したとき、ふいに思考がひらめいた。

グッキーはなんていってた? 次の瞬間に細胞活性装置をねらう盗賊がふいにあらわれて、またしても襲いかかるとか?

ヤルト・フルゲンは、装置を持たないからなにも起こらない。かれは、いつか死が訪れる通常の生物で、ぜんぜん悪い気はしない。

だが、なにかがそこにある。ふいに、はっきりと感じた。グッキーの言葉が、不安にさせるなにかを暗示している気がした。プロフォス人特有の分析的な鋭い理性のため、疑念や思考をたんに追いはらって胃のあたりのちくちくを無視することができない。フルゲンは、自分の思考が正しい方向にあると感じた。

＊

こんなことをしてもむだだ。ノックス・カントルは最初の一時間に早くもそう感じた。ふたりが完全にまちがった前提に立っているのか、あるいはシナジー能力が効かなくなってしまったのか。だがエンザ・マンスールの一日の状態からみて、それはありえない。

彼女はノリノリだった。ことあるごとにノックスに命令してきた。かれのほうは、いわれたとおりにした。ときどき、思考がばらばらになってしまいそうな気がした。それでもなんとかして脳内の思考をひとつにまとめた。すると、これ以上モジュレーションをテストしてもむだだということがはっきりした。モトの真珠は、ダオ・リン＝ヘイがすでに突きとめたハイパー周波数のほかのなにに対しても反応しないのだ。刺激することはできない。ノックスは髪の毛をかきむしり、実験装置の設定を変更した。

アミモツオは、またしても反応しない。ついにエンザも、むだな試みだと気づいたようだ。

「あなた、気持ちが散漫じゃない」彼女が非難する。「みんなあなたのせいだわ！」

ノックスはきびしい表情でディスプレイを凝視する。

「シントロン、たのむよ、クリスタルに反応するようお願いしてくれないか？」

「おっしゃることはわかります、ノックス」セクターCを調整するシントロニクスが応じる。「やってみます」

数秒後に出た結果はネガティヴ。クリスタルは死んだようにじっとしているだけ。シナジー・ペアは、かれらの持つ自然科学の才能を使って哲学的な結論を出した。

「ほんの数個のファイルをのぞいて、人類のためにつくられたものじゃないわ」エンザはいいはり、ノックスをにらみつける。ノックスは唾《つば》をのみこみ、おとなしく目を伏せた。相手が反論をもとめていないことはわかっていたからだ。その気持ちも理解できた。

それでもなお、返事をすることにした。

「でもやっぱり、人類に理解できるものだよ」という。「やりかたがまだわからないだけで。問題はエネルギー領域にあるのではなく、われわれが適切じゃないからだ。サトーに代わってもらうのがいい」

「そのとおり、かれに伝えましょ」

エンザは拠点の司令センターに交信する。アトランがモニターにあらわれた。彼女は簡潔に結果を説明した。

「そういうことなので」彼女は結ぶ。「ほかの人たちは、いったいどこにいるんです？」

アルコン人は曖昧なしぐさをしてから、にっこりした。

「わたしが探す。いずれにせよ、きみたちの任務は終わりだ」

エンザは通信を切り、ノックスの腕に手をかけた。

「これから、どうする？」とたずねる。

「きみがわたしを連れだした場所に行こう。あのとき、すぐにわかったよ。あのまま寝ててもよかったって」

エンザは文句をつけずにいっしょに歩きだした。

＊

こんどは、ペリー・ローダンの身近な側近はみな集まった。アトランも、新しい決定的フェーズを見のがすわけにはいかないので、司令センターの指揮をヤルト・フルゲンにまかせることにした。フルゲンは熱心に任務にあたり、各セクションから安全措置が万全であることを確認ずみの報告を受けとった。

アンブッシュ・サトーがローダンのほうを向く。超現実学者はいま、銀色の龍のシンボルのついたダークレッドのキモノを着ている。

「選択肢にあるパスワードはなんです？」かれはたずねた。

ローダンは、エラートの言葉を思い起こす。かれは黒い炎に言及し、ゲシールの件をピンポイント的に解明するといっていた。このふたつの発言のなかに、ローダン宛ての個人ファイルを開く鍵があるはず。

ローダンとアトランがエラートの発言から思いだしたのは、〝スプーディの燃えがら〟というアステロイドだ。NGZ四二五年にアトランと《ソル》がゲシールを見つけて、連れてきたのがここだった。ゲシールの目つきは、見る者の意識に黒い炎という感情を呼びさました。〝ゲシールの件をピンポイント的に解明する〟という表現は、明らかに《ソル》ののちの目的地のそばにある、〝ゲシールズ・ポイント〟と呼ばれるアステロイドをさすはず。

「パスワードは〝黒い炎〟と〝ゲシールズ・ポイント〟」サトーの問いに、ローダンは答えた。

「わかりました。やってみましょう」

実験装置をセットし、作動させる。ローダンが最初のパスワードを音声でインプットすると、期待に満ちた沈黙が生じた。

なにも起こらない。アミモツオは反応しない。

ローダンは第二のパスワードを告げた。クリスタルはやはりなにもいわない。アンブッシュ・サトーがわけ知り顔でうなずき、全員を抱擁する感じで両腕を大きくひろげた。

「不思議なことではありません」かれは説明する。「エンザとノックスにどうにもならなかったとあっては、これで当然という気がします。適量のエネルギー、正しく調整した周波数、適切なパスワード、これだけでは明らかに不充分らしい。ファイルを受けとるべき人物の精神的・意識的状態にもかかっています」かれは探るように周囲を見まわし、シントロニクスに向かう。「ペリーのためにシートを投影してくれ！」

フォームエネルギーからなるフィールドが構築され、ローダンがそのなかにすわる。

サトーはローダンのほうに身をかがめた。

「目を閉じてください、ペリー。あなたの心はクリスタルとひとつの波となって振動し、情報を受け入れる状態になる必要があります。自身の意識の奥深くまで入ること。なにも考えないで。エラートのことも。考えるとすれば、ゲシールのこと、黒い炎、パスワードの〝ゲシールズ・ポイント〟だけ」

ローダンは、いわれたとおりにやってみる。ほかの思考に散らされずにリラックスした状態になるのに、数分かかった。過去数日間、あまりに多くのことがかれの身に起こったため、とても一度にすべてを消化することができなかったのだ。

「黒い炎」サトーの声が遠くから聞こえてくる気がした。「ゲシールズ・ポイントが、室内のあなたの眼前にあります。アステロイドが振動し、アミモツオもいっしょになって振動する。ふたつのパスワードに心を集中させるんです。黒い炎がコードワードです、ペリー。ゲシールズ・ポイントは、あなたの個人ファイルの実際の活性因子です」

ローダンはゲシールの姿を、はじめて会ったときの印象どおりに思い浮かべる。心の内に黒い炎の熱を感じ、世代船《ソル》が記録したアステロイドの映像を一心に見つめる。愛する妻を切望し、そばにいてほしいと願う。ふいに、予期しなかった心の平静につつまれた。刺激を受けたクリスタルの振動と自身のあいだにほとんど感じられないほど繊細な橋がかかったのがわかった。

ふっとため息をつく。橋の力はしだいに増していく。すると突然、ナイフのようなもので脳を刺された気がした。

ゲシール！　黒い炎がローダンをのみこむ。自制するのがやっとの状態だ。ハイパー・プロジェクターの音響フィールドからかすかなざわめきが聞こえてきた。

「コードワード〝黒い炎〟、受理。パスワード〝ゲシールズ・ポイント〟、受理。ようこそ、ペリー・ローダン。わたしはエルンスト・エラート。クリスタルはあなた固有の振動を保存した。作動状態であれば、接近するだけであなたを感知する。これで今後アクセスするときには、時間のかかる作動プロセスを省略できる。あなたの個人ファイルをアク作動させることによって、山ほどの情報が詰まった、ほかの多数のファイルにアクセスできる。だが、すべての情報の分析評価がすむまでにはしばらく時間がかかる。そのため、まずは〝ゲシールズ・ポイント〟ファイルの内容に集中するといい。これは、あなたへのわたし個人からのメッセージだ、ペリー」

声はしばらくやんだ……明らかにほかのファイルで語るのと同じエルンスト・エラートの声……ローダンはトランス状態から脱し、すこし背を伸ばす。

「すべてのはじまりはアムリンガルにある」エラートが先をつづける。ハイパー受信機のモニターが明るくなり、撮影アングルは、地表から、靄《もや》がかかったように見える天空に向けられた。なにかしらの影が前面に出てきた。

「キトマ！」エルンスト・エラートが名を呼ぶ。

「ようこそ、星間放浪者」クエリオン種族の女のやさしい声が響く。「ここで会えると思っていました。呼び声を聞き、シュプールを見つけましたね」

「アムリンガルにきたのは、アドバイスをもとめ、受けとるためだ」

「あなたは太陽系に行き、重要な情報をネーサンにとどけます」謎めいた女が応じる。いまだに影の一部しか見えない。影が動くと、画面も移動する。エラートの目に入るものをうつしだしているように。

「そうしよう」

「そのあと、あなたのほんらいの任務をはたしてください。ゲシールを探し、見つけるのです。そのさいに体験したことをすべて報告すること。銀河系を援助してくれるものがないかどうか、気をつけていてください。まもなく必要になります」

「わかった！」エラートがいい、そのあとシーンはぼやけて消えた。モニターは暗くなり、やがてあらたにテレテンポラリアーの声が聞こえてきた。キトマと話していたときよりはっきり明瞭な響きがある。

「わたしはこの情報を個人ファイルに保存した、ペリー。というのも、最初、プライヴェートなものだと思ったからだ。その後、充分な情報を集めたおかげで、ゲシールの運命が、銀河系およびその住民たちの運命と密接にかかわりあっていることが明らかになった。大カタストロフィ前の当時、わたしにはよくわからなかったが、キトマはおそらく知っていたのだろう。局部銀河群にあたえる影響も予測がつく。ことの重要性を人々に伝えるのは、あなたの役割となる。けっして希望をなくしてはいけない、ペリー。友はみな、いつもあなたとともにいる。たとえ空間的に距離があっても。わたしは……」

声はここでぷっつりととだえ、つづきはない。かわりにモニターがふたたび明るくなった。映像は、ローダン自身の強烈な体験からよく知っているものだ。

惑星クーラトにある、ケスドシャン・ドームの内部。クーラトは、球状星団ノルガン・テュア銀河にある恒星イグマノールの第三惑星。ドーム内部はしずかな歌声で満たされている。ドームが振動していることに、ローダンはすぐに気がついた。だが、儀式のさいに振動を発生させるプロジェクターはどこにも見えない。ドームは震動し、映像は……ふたたびエラートの視野になったらしい……しだいに上に移動し、深淵の騎士のシンボルがついたドーム天井があらわれた。心の準備なしにいきなりシンボルをふたたび目にして、ローダンの心は奇妙に感動した。かつての深淵の騎士全員の意識が統合された、高さ百五十六メートルの卵形ドームの秘密に通じるヴィジュアル・アクセスがこれなのだ。

エルンスト・エラートはドーム内にいるため、レトス＝テラクドシャンを呼ぶかれの声はドームの振動によってゆがんで聞こえる。振動のはげしさが増し、しずかな歌声は嵐のようなわめきになった。壁のあいだのどこかで幻影のような光がちかちかとまたたき、ヒューマノイド生物のプロジェクションがドームのぴったり中央にあらわれた。ゆっくりと下降していき、アーチ形をした入口ゲートの真向かいにあるギャラリーの高さでとまる。

プロジェクションはハトル人のものだ。琥珀色の目と銀色のロングヘアを持つ生物で、ほのかに光る銀色の繊維を使ったスーツを着用し、胸の前で腕を組んでいる。

「ようこそ、エルンスト・エラート」こもった声が聞こえてきた。「ドームの守護者は、あなたの到着をすでに予期していた。宇宙で起きることは、すべてお見通しなのだ。用件はなんだ？」

「援助がほしい！」エラートは、間髪《かんはつ》を容れずにいった。「援助をお願いします。人類と銀河系に住む全種族、そしてゲシールのために」

「われわれには援助はできない」レトス＝テラクドシャンが応じる。「ここにきたのはむだ足だったな」

「そんなこと、信じられません。深淵の騎士がもとめられた援助をしなくなったのは、いつからです？」

「できないからだ。する気がないわけではない、エラート。われわれには手に負えないからだ。姿をあらわしたものは、だめだ。あれは無理だ！」

「だれです？　本気でいっているんですか？　ジェン・サリクと話させてください！」

「意識なら、いつでも呼びだしてかまわない。ほかの旧深淵の騎士と同じく、サリクの意識もドームの壁に存在する。では、元気で！」

　プロジェクションは色褪せ、映像が揺れたかと思うと、もう長いこと使われていない、崩れ落ちた部分もあるベンチや入口の下部にたまったガラクタの上に落ちた。どこから出てきた小動物が壁ぞいに走り、きいきいと耳ざわりな声をたてる。ドームの振動で、小動物は外に逃げていった。

　エラートの目は、ギャラリー上部にあるハッチに向けられている。ドーム屋根裏の人口があるところだ。しかし、それ以上気にとめることなく、天井に視線をうつした。

「ジェン・サリク、聞こえるか？」大声で呼びかける。

　会話のつづきを共有できないことは、ローダンには明らかだった。深淵の騎士の意識とのコミュニケーションは、完全にメンタルレベルで進行する。肉体のプロジェクションが可能なのはドームの守護者だけ、というか守護者が実行することなのだ。

「そう、わたしだ、ジェン。エルンスト・エラート。あなたの思考がはっきりと読める」テレテンポラリアーは音声で先をつづける。「あなたたちは、ほんとうにレトス＝テラクドシャンがいうほど無力になってしまったのか？」

沈黙がつづく。受けとった情報があまりにも深刻で、エラートは言葉を失ってしまったのだろう。

「あなたの細胞活性装置はドーム天井から、盗まれたことに気づくことなく消えていたのか？」長い沈黙ののち、小声でいった。「盗賊の影もかたちもないのか？　そいつがいまどこにいるか、だれも知らないのか？　ゲシールがどこにいるか、せめてヒントくらいもらえないか？」

ローダンには返答が推測できた。あたかも確認のごとく、ハイパー受信機のモニターの映像が切りかわり、アーチ門に向けられる。エラートはドームをあとにして、晴天の明るい陽のなかに出た。

「そう、ここにもなにもなかった」エラートの言葉とともに、記録のこの部分は終わった。ローダンは一時停止させる。

「絶望的だ」と、小声でつぶやく。「エラートがいうところの日誌とは、疑問や問題が次々と山積みしていくばかりの無意味な探索の記録ではないかという印象がますます強まっていく」

「そうとばかりもいえまい、ペリー」とアルコン人。「情報のひとつは、じつに興味深いものだ。ルナのネーサンを訪れるという任務はキトマに由来することを、エラートははじめて認めている。キトマがかれにアミモツオをわたしたことがわかるのではないか？」

「そうですね」ティフラーがいった。「だが、やはりそうではなかったかもしれない。その前からクリスタルを所有していた可能性もあります。かれが持っていたからこそ、キトマは任務をあたえたということも。もっとも最初の仮定のほうが理にかなっていますが」

ローダンは、個人ファイルの記録をふたたび再生させる。エラートはさらに報告し、多数のテープベースを付加した。かれは〝力の集合体〟エスタルトゥの銀河に急行し、情報を探した。成果のないままそこをはなれてスプーディの燃えがらとゲシールズ・ポイントを訪れた。ゲシールの行方を知るヒントを探したが、やはりなにもなかった。

「なにか、胸騒ぎがしてならない」モニターがふたたび暗くなると、テレテンポラリアーがいう。「当時、ゲシールがどのようにサバルから姿を消したか、何度となく考えないわけにいかない。誘拐者は、プシオン・ネットを利用して彼女を連れ去ったのか？そのことをしめす基本的なヒントはあるか？かつてプシオン・ネットが機能していた五千万光年のキューブ内のどこかに、当時どんなことが起こったかを知るシュプールののこる場所はあるのか？

ペリー、あなたはこの記録を耳にして、悲嘆に暮れることだろう。あなたの妻のシュプールは、まだなにも見つかっていない。そのためにわたしの心はすっかり落ちこんでいる。どこにでも行ける身なのに、なにひとつ成果をあげられず、なにも見えない状態なのだ。もしかして、宇宙の状況はすっかり変化して、わたしには理解できなくなってしまったのだろうか。

力になりたい。ところが、見つかるものといえば〝それ〟と力の集合体がよくない状況にあるという示唆や手がかりばかり。ギャラクティカーには、きびしい試練が待ち受けている。守護者レトス＝テラクドシャンのあきらめに似た陰鬱な言葉が、すこしずつわかってきた気がする。

わたしが探索を中断して局部銀河群にもどってきた理由はそういうことだ。悪くとらないでくれ、ペリー。そうするほかなかったのだ。わたしがファイルの冒頭で触れたつながりや関連性は、時とともにしだいに明らかになっていったもの。わたしはカルタン人を訪れ、《ナルガ・サント》を動員させた。当時なにが起こったか、おそらくすでに知っているだろう」

ふたたび映像があらわれた。こんどは、エラートの頭部がいきなりうつしだされた。

「これがほんとうにわたしで、悪意を持つ何者かによるたちの悪いいたずらではないと信じてもらうために、もう一度映像を送る」

記録はそこで完全にとだえ、つづきのファイルがしめされた。

ペリー・ローダンは立ちあがり、

「休息が必要だ」と小声で告げる。「反論がなければ、一時間後に集まりたい」

反論する者はなく、ローダンはゆっくりとキャビンを出て側廊に消えた。

頭にあるのは、ゲシールのことだけ。彼女がほんとうにすべての鍵であることがわかった。当時、彼女はまやかしの前提でサバルからおびきだされた。彼女には不確かな過去がある。彼女の遺伝物質を持つ生物がいるが、父はローダンではない。当然のことながら、彼女がみずからすすんでしたことではない。おそらくどこかに囚《とら》われの身となって、どうすることもできずにいるのだろう。

最後の思考に、ローダンの心は底なし沼のように落ちこんだ。

＊

つづきのファイルは、一宇宙船の司令室内ではじまっていた。エルンスト・エラートは報告をつづける。

「すでに気づいたと思うが、このサブファイルは、のちになってあなたの個人ファイルにリンクしたものだ。パス名は同じになっている。同ファイルの内容は、割れてふたつになったアミモツオがふたたび合体してはじめて理解できるだろう。

《ナルガ・サント》を脱出してから、すでにいくらか時が経過した。わたしはいまもなお破片のひとつを保持し、かたわれが見つかることを願っている。

　ひとつ、ひどく奇妙なことがある、ペリー。カンタロが銀河系にくるのに利用したブラック・スターロードについて、すでにいくつか情報を得た。だが、関連性が理解できないのだ。あなたがクリスタルを手に入れるころには、あなたのほうがもっと知っているかもしれない。

　スターロードとはなにか、だれが建設したのか？　これは銀河間をつなぐ道で、大カタストロフィの原因の一部となった特定の移動がいくつか実施されたらしいことを示唆するものがある。すでにいったとおり、詳しいことは知らない。この問題との関連で、ある概念が重要性を持つことがわかっただけだ。アマゴルタという。アマゴルタはなにか、どこにあるのかと訊かれても、わたしは知らないし、当面のところ知るチャンスもありそうにない。だが、探索するつもりだ。すでにスタートはした。アマゴルタがゲシールの居場所または捕囚と同定できるとは、考えられないだろうか？

　ペリー、わたしの考えによると、その場所、あるいはアマゴルタの象徴するなにものかのあるところであなたに会うことになると踏んでいる」

　モニターはいま一度ぱっと明るくなり、故郷銀河を背景にちいさな光るしみが見えた。

「これであなたの個人ファイルの記録を終了する」エラートがいった。「わたしはいま、ハンガイ銀河に向かっている。言葉であらわせないほどぼんやりしたシュプールを追って。ゲシールを探してあなたのところに連れてかえるのが目的だ。元気な状態でいてくれればいいが。幸運を祈ってくれ、ペリー！」

エラートのメッセージは、ひとまず終わった。ふたたびざわめきが起こり、ダオ・リン＝ヘイが問いかけるようにローダンを見る。かれはかぶりを振った。

「のこりのファイルは、すこしあとでチェックする。いまは気をおちつけたい」

＊

ローダンは驚いて跳び起きた。娘の心配そうな顔が目の前にある。エイレーネが入室したのに、サーボは伝えなかったらしい。ローダンはからだを起こして壁のクロノメーターをちらりと見る。

十時間以上眠ったようだ。日付は翌朝になっていた。

「ぐあいはどう、パパ？」エイレーネはベッドのへりに腰かけ、ローダンの手をとった。かれはかすかな笑みを浮かべる。

「うん、だいじょうぶそうだ。たっぷり休養をとったからね。冷水シャワーを浴びてから司令センターに行く。イルミナがどうしているか、聞いたかい？」

「いつもどおりに仕事してるわ。あとは医療センターのお手伝いも。疲労がつづくようなことはないみたい」

では、彼女は身体を完全にコントロールしているのか。ローダンは感心する。だが、長期的にはどうなのか？

エイレーネは、父の心のなかの葛藤を見てとった。

「心配しなくてだいじょうぶ、パパ。わたしね、あのひとと話したの。いつもと変わらない印象を受けたわ。ほんとよ」

「彼女を見たとき、年とった気がしたんだが。そうか、たぶん思いちがいだったんだろう。それでも心配だ。彼女なら細胞活性装置の損失を埋め合わせられるかもしれないが、そのためには自分自身に集中しなければならない。充分な時間がとれなくなったら、どうなる？　つねにわたしの頭にあるのは、どうしたら活性装置がこれ以上盗まれるのを防げるかということ。まだこれといってなにも思いつかない」

「モノスが陰で糸を引いているんだわ！」

この名を口にしたとき、娘の声がかすかに震えた。未知者のしかける精神的かけひきが引き起こすストレスに、エイレーネも父と同様に苦しんでいるのだ。

ローダンは娘の目を見る。

「行動を起こさなくては。こちらが主導権を握るかぎり、あっちは反応するしかない。このところそれは逆になってしまった。向こうのトリックに反応させられている。だから、七カ月前から足踏み状態のままだ」

立ちあがり、バスルームに向かう。

「どうするつもりなの？」

エイレーネも立ちあがり、リビングのソファに腰をおろす。

「わからない。どこから手をつけていいか、わからないのだ」

ローダンは服を脱ぎ、バスルームに入ると、冷水と温水を交互に浴びた。鼻から息を吐きだし、意識的に吸いこむ。血液循環が最高に活発化していく。

思考は散漫だった。エラートの語った概念が、脳内でぐるぐるとまわる。

アマゴルタ。

アマゴルタとは、なんなのか？

数百年をへたいま、エラートはどこにいる？　生きているのか、それとも敵の餌食になったのか？

かれのゲシール捜索は、どこまで進んだのか？　もしかして、見つけたとか？

展望は不透明で、目の前にそびえたつ数々の問題を克服するのはとうてい無理に思われた。

水流はとまり、あたたかいエアタオルが流れてからだを乾燥させた。

「われわれにとってベストなのは、アマゴルタが銀河系で見つかることだな」バスルームから出て服を着る。「あらゆる可能性のなかでもっとも起こりそうもないことだが。どうしてここにきた？　わたしのぐあいをたずねるだけではあるまい」

「デグルウムが会いたいって。アノリーたち、パパやわたしたちにほんのすこし手を貸せると思っているみたい」

　ローダンは深呼吸してから、

「早朝にうれしい驚きがあれば、たいていはいい日になる」といってにっこりし、娘を抱擁した。

9

惑星シスタおよびゴリング＝マート星系周辺をパトロールしたスペース＝ジェット二機が、異状なしと報告してきた。近辺に異宇宙船は存在しない。スペース＝ジェットはエアロックを通って格納庫に入り、地下拠点は通常業務にもどった。

ペリー・ローダンが安全措置万全確認ずみの連絡を受けとったのは、司令センターから会議室に向かっているときだった。アトランの手配で、アノリーは会議室で待っている。レジナルド・ブル、ジュリアン・ティフラー、アルコン人、ミュータントのほか二十四名のスタッフが同席していた。ローダンが娘とともに入室すると、会議の中継が開始された。いまや、拠点内の全室で会議をモニターできる。

ローダンは、デグルウム、カヴヴァル、シルバアトに歩みより、握手をかわす。デグルウムはエイレーネにも挨拶の言葉をかける。トランスレーターが「ようこそ、不死者と黒い炎のお嬢さん！」と翻訳した。

アノリーは、クリスタルについての情報を得た。かれらがなにひとつ見落としていないのは確実だ。

デグルウムがアノリーを代表して全員に向かって語りはじめた。

「われわれ、深く考えさせられています、ギャラクティカーよ。事実を認識したあと、絶望するしかないことがらも存在しますが、われわれは、そうはしません。というのも、情報を集めて検討した結果、当銀河の住民たちをサポートすると決断しました。ですが、純粋に無私の心からとは思わないでほしい。われわれのきょうだいであるカンタロを助けるためで、かれらの力になれることを願っています。ですが、かれらにコンタクトするのはまだ早すぎる。いまのところ、ペリー・ローダンの指示にしたがい、われわれが銀河系にいることを秘密にするのが得策だと思います」

デグルウムがここで間をおくと、アトランがその機に質問を入れた。

「なにがいいたい？　前置きが非常に長い！」

「アマゴルタ！」相手はいい、言葉を反芻《はんすう》するかのようにしばし目を閉じた。トランスレーターが、話者のニュアンスも再現しようとする。

「アマゴルタの概念は、われわれのあいだでは知られています。ブラック・スターロードの行方不明の建設者との関連で知った概念です」室内に生じかけたざわめきを手で制して、先をつづける。「質問はしないでほしい。われわれも、概念の正確な意味はエラートやあなたたちと同じく知らないので。われわれはこれまで、アマゴルタというのはなにかの状態、あるいは、建設者が行きたがっていた場所ないしは引きこもった場所を描写したものだと考えていました」

「その状態、あるいは場所は、どこにある？」ブリーが持ち前の大声でたずねた。「もっとわかりやすく描写してもらえないか？」

「われわれも知らないのです」と、ガヴヴァル。「忘れないでほしい。わが種族がブラック・スターロードの利用に関する知識を建設者から譲り受けたのは、はるか昔のこと。われわれには理解できない言語によるヒントのほかには、当時を示唆するものはありません。あとはすべて口承で、われわれの惑星や宇宙船にあるコンピュータや計算機におさまっている」

「でぶ、そんでも、なんとかなりそうじゃん！」グッキーがひとさし指を上に向けた。

「まちがったことをいう前に……」

ローダンがイルトをさえぎる。

「脱線しないでくれ。思考を有意義な方向に導かなくては。アマゴルタはどこかにあり、スターロードの建設者と関係がある。カンタロが銀河系への大量出国をはたしたとき、そのことを知っていたのだろうか？」

「そうです！」シルバアトが説明する。「カンタロはわが種族に属するから、われわれの持つ知識すべてを持っていました」

ローダンの表情が凍りつく。口のはしがぴくっと動き、唇が言葉を形成する。無声なのに、はっきりと。

モノス！

たったのひとこと。しかし、意味は大きい。

「モノスはカンタロではない」声に出して先をつづける。「それがわかっているから気が重いのだ。モノスがカンタロの知識をとったとすると、エラートやわれわれと同じ考えをいだいただろう。アマゴルタを探す、あるいは、もう見つけたか。そこにゲシールを拘禁しているのか？」すっと立ちあがり、仲間たちと異人三名を見た。「突きとめなければ。なんとかしてカンタロに教えてもらう必要がある。モノスとついに対決しなければならない。デグルウム、あなたや同胞の方々に感謝する。われわれにとって貴重な示唆をいただいた」

＊

アマゴルタ。

モノス。

これまでかかわってきたなかで、もっとも重要なふたつの概念。あらゆる謎と問題の解決はここにある。モノスの正体がひとたびわかれば、交渉の可能性が出てくる。

ペリー・ローダンは服を着たままベッドに横たわり、天井を見つめた。照明を落としてあるため、室内はうす暗い。

不死者は疲労を感じたが、行動意欲に満たされていた。心の内の目を、記憶にのこる太陽系に集中させる。一年近く前に通常空間から消えたままの太陽系。計測ではまだ存在するのに。

故郷のようすはどうなんだろう？　デイトンが七カ月前に色彩豊かに描いたとおりなのか？　全住民にとってパラダイスなのか？

ローダンはエネルギッシュにかぶりを振る。

そんなはずはない。当時でさえ、サイボーグの言葉を信じなかった。正反対だと思おうとしたほどだ。抑圧されたテラ。そこに住む人類は、自然の祖先となんの共通性も持たない。

クローンとサイボーグ。

ハイブリッド・クローンのランドリン・ノラゴの使った表現ではなかったか？

アマゴルタとモノス。

すべてはゲシールに行きつく。ゲシール……あらゆるものの中心点。

ゲシールは、自分を愛し、自分もその愛に応えた妻。かつては女コスモクラート・ヴィシュナの具象のひとりだった。

では、いまは？

当時のことは、いまの自分にはすこしも気にかからないことを認識し、安堵する。だいじなのはいまと、将来。将来を思うと、恐怖と不安に見舞われる。

理解不可能な生物が徘徊して細胞活性装置を盗んでいく。ティフラーとその遠征隊にも《マーラ・ダオ》の乗員にも、その正体を突きとめることはできなかった。ひとり、またひとりと犠牲者が出る。ジェフリー・アベル・ワリンジャー、ガルブレイス・デイトン、イルミナ・コチストワ。

次は、だれだ？

盗賊は、いったいだれなのか？

モノス。疑問の答えを自分で出す。細胞活性装置を集めると同時に、銀河系に自由に往来するために、人類の重要なリーダーを消していく。そんなことに興味のある者はほかにいまい。

そんなことが可能なのは、〝それ〟が行方不明になって、力の集合体のケアができなくなったせいなのだろう。

ローダンはふいに叫び声をあげ、ベッドから跳ね起きた。流れる涙を目からぬぐう。おのれの思考に圧倒されたのだ。

「だめだ！」かれの声はわなわなと震えた。「そんなことがあってはいけない！」

モノス。

細胞活性装置。

なぜもっと早くこの考えにいたらなかったのか、不思議に思う。ありえない無意味なこと、思いちがいであってほしいと願うばかりだ。

不気味な生物は、のちに力の集合体全体を獲得しようとねらっているのか？　そのためにすべての細胞活性装置が必要なのか？

「テラのホールにいる悪魔、だめだ。そんなこと、わたしは許さない！　わたしを打ち負かすことはできないぞ。わたしを殺すことはできても、勝利はわたさない！」

この言葉とともに、ローダンは深い悲しみに満たされた。二千年以上の人生のなかで、個人のしあわせと、人類および故郷銀河全体の安寧とのあいだの決定に立たされたことが何度あったかわからない。

モノスは、ゲシールという抵当物件を手に入れた。それをかざしてペリー・ローダンに圧力をかける方法をいとうことはないだろう。非常事態になったさいに、自分がどのような反応をするか、ローダンにはわからない。

目のへりについた涙を振りはらい、二度、三度と深く呼吸した。そのときインターカムに着信があり、悲惨な思いから気をそらせてくれたのはありがたかった。

交信してきたのは、ヤルト・フルゲンだ。

「ペリー、じつは数日前から胃のあたりがちくちくしていやな予感がしていたんですが、理由がわかりました。次々と事件や情報がやってきて忘れていましたが、モノスはいまもなお、あなたの居場所をいつも的確に知っています。システムに危険が迫っています！」

「感謝する、ヤルト。きみのいうとおりだ。すぐに司令センターに行く。拠点全体に警戒態勢を敷いてくれ」

ローダンは出入口に行き、急ぎ足で通廊に出た。日常業務が追いついてきた。これでいい。

あとがきにかえて

シドラ房子

ヘルゴラント……ドイツ北西部の海岸から七十キロメートル北に位置するふたつの島。面積は合計で約二平方キロメートル。人口は千三百人以下だが、ビーチリゾートとして人気があり、夏はバカンスを楽しむ人々でいっぱいになる。毎年冬になると、たくさんのアザラシがやってきて海岸で出産する。お母さんアザラシは、赤ちゃんが海にもぐれるようになるまでここで養育する。

複数のミステリ小説の舞台になっていることもあって、ヘルゴラントに強い愛着を持つ人は多い。その一冊を読んで以来、どんなところかと興味津々だったのだが、島があまりにちいさくて驚いた。十二月初頭、今年はすでに七百頭のアザラシの赤ちゃんが生まれた、とガイドさんがいっていた。アザラシファンにはたまらない光景！　ただし、かれらは寝ころがっているだけなので、動画を撮るにはそうとうな忍耐がいるかも……。

訳者略歴　武蔵野音楽大学卒，独文学翻訳家　訳書『あるサイノスの死』エーヴェルス，『目標、アンクラム星系』エルマー＆エーヴェルス（以上早川書房刊），『狼の群れはなぜ真剣に遊ぶのか』ラディンガー他多数

HM=Hayakawa Mystery
SF=Science Fiction
JA=Japanese Author
NV=Novel
NF=Nonfiction
FT=Fantasy

宇宙英雄ローダン・シリーズ〈730〉

シラVIIの盗賊《とうぞく》

〈SF2470〉

二〇二五年二月　十　日　印刷
二〇二五年二月十五日　発行

（定価はカバーに表示してあります）

著　者　マリアンネ・シドウ　アルント・エルマー
訳　者　シドラ房子《ふさこ》
発行者　早川　浩
発行所　株式会社 早川書房

郵便番号　一〇一 - 〇〇四六
東京都千代田区神田多町二ノ二
電話　〇三 - 三二五二 - 三一一一
振替　〇〇一六〇 - 三 - 四七七九九
https://www.hayakawa-online.co.jp

乱丁・落丁本は小社制作部宛お送り下さい。送料小社負担にてお取りかえいたします。

印刷・信毎書籍印刷株式会社　製本・株式会社明光社
Printed and bound in Japan
ISBN978-4-15-012470-0 C0197